Scripto

Zoé Le Priol

NOS CADAVRES D'ÉTOILES

Gallimard

Ciel tout noir

À minuit trente-huit
maman passa la tête
dans l'entrebâillement de la porte.

Elle marchait sur la pointe
de ses chaussons violets
et portait un châle
parce qu'il faisait *frisquet*
en ce tout début juillet.
— Swann ?
Le visage enfoui dans
son oreiller
Swann ne répondit pas.

Maman s'avança
et s'assit
au bord du lit.
— Ça va ma puce ?
— Je sais pas pourquoi
j'y suis allée.
— Ça s'est si mal passé ?
Swann ne répondit pas.

Maman lui caressa
les cheveux.
— Tu es en vacances ma puce.

Et Swann se remit à
pleurer.

Sous le velux

Maman finit par
quitter la chambre
ferma la porte
dans un son très doux.

Swann entendit
dans le couloir
le glissement de ses pas
s'éloigner.

Elle garda quelques minutes
la lumière allumée.

Maman entra
dans sa chambre
et ferma la porte.

Le bal de Cendrillon

Le lendemain matin
tout était nébuleux
          abruti
par une gélule blanche.

Swann ouvrit
un œil embué
sortit une jambe
glacée du drap
(l'été tardait à arriver)
et bâilla trois fois.

Elle loucha
sur sa robe de bal noire
encore avachie
sur son bureau.

Elle descendit
de sa chambre
en robe de nuit
rose bonbon.

Elle enfila ses tongs
        et s'assit contre le tronc
du cerisier.

Ses pieds baignaient dans l'herbe
trempée de rosée
        de soleil mal réveillé et de jasmin.

Elle resta là.

Demi-tour

À onze heures cinquante-deux
Swann sortit du garage
son vélo et pédala.

Le vent s'engouffrait
dans sa robe rouge coquelicot
au fur et à mesure
que le vélo sautillait
sur les pavés.

Dans son petit village perdu
au milieu
de nulle part
toujours un peu endormi
elle ne croisa
qu'une vieille dame
Élisabeth quatre-vingt-treize ans
qui nourrissait une poignée
de chats amaigris.

Six minutes plus tard
elle gara son vélo
près de l'église
entre un muret couvert de lierre
et une pierre tombale
(Joseph Morel 1875-1949)
et s'approcha de la bibliothèque
petit bâtiment fatigué
une seule fenêtre
et des volets béants

coincé entre une boutique d'antiquités
et une maison inhabitée
décidée à rendre *L'Écume des jours*
(elle avait adoré)
et à emprunter *Le Petit Prince*
(comme chaque été).

Donc
pendant que les cloches de l'église
sonnaient midi tapant
Swann poussa la porte grinçante
de la bibliothèque
et marmonna un bonjour.

(Elle ne reçut aucune réponse.)

Swann connaissait
la bibliothécaire Hélène
depuis son arrivée
au village
cette vieille femme toute maigre
qui chantonnait
entre les rayonnages.

Mais ce n'était pas Hélène
au bureau
non
Swann ne distinguait pas bien
non
il y avait trop de lumière
sur la silhouette

assise
sur le vieux siège.

Swann était encore
sur le seuil de la porte
et
il lui suffit de faire demi-tour
pour s'échapper.

Escarpins et saumon fumé

Maman rentra
à dix-sept heures vingt-six.

Comme d'habitude
Swann descendit l'escalier
en l'entendant glisser
ses petits escarpins blancs
crème fouettée
sur le paillasson de l'entrée.

Maman l'embrassa sur une joue.

Swann se laissa faire.

À sept heures et demie
elles s'installèrent toutes les deux
sous le parasol d'un soleil couchant
devant une salade de riz au saumon fumé
parfumée de miel et de noix hachées.

Maman s'étira.

Elle avait des petits bras
de poupée.

— Il faut que je me remette au yoga, dit-elle.

Bonne nuit

Le soir
maman alla dire
bonne nuit
à Swann
au bord du lit.

Elle caressa encore
ses cheveux.

— Tu ne t'es pas ennuyée aujourd'hui ? demanda-t-elle.
— Non ça va.
— Tu n'es pas allée à la bibliothèque ?
— Si pourquoi ?
— Il y a encore *L'Écume des jours*
sur ton bureau.
— J'ai oublié de le rendre.
— C'est pas grave ma puce.
Il faudra juste que
tu y retournes demain
tu dois avoir du retard.

Swann ne regardait pas
maman.

— Hélène n'était pas là, dit-elle.
— Oui je sais
elle est partie en vacances.

Le velux battait
les paupières.

Vieux carton

Swann se réveilla à six heures
ne se rendormit pas
écouta la pluie
qui tombait
contre les carreaux
et faisait gondoler les gouttières
jusqu'à ce qu'une lumière
flasque s'infiltre
à travers les orifices
du velux.

Elle sortit de son lit
sans s'étirer
et rencontra une nouvelle fois
sa robe de bal
endormie sur la chaise
de son bureau.

Il fallait qu'elle la range
au fond d'un vieux carton
très loin
dans le grenier.

Elle se rassit
sur son lit.

Visage

Parce qu'elle ne pouvait pas ignorer
L'Écume des jours
qui lui faisait les yeux doux
depuis sa table de chevet
et le Post-it de maman
Coucou ma puce
tu penseras à aller à la bibliothèque?
Swann partit.

Il pleuvait
des nuages gris
et son vélo grinçait encore plus
que d'habitude.

Elle s'arrêta entre
un muret couvert de lierre
et une pierre tombale
(Joseph Morel 1875-1949)
se rongea l'ongle de l'index
de la main gauche

en arracha un bout
serra *L'Écume des jours*
contre sa poitrine
prit une longue inspiration
et poussa la porte
de la bibliothèque.

En entrant
elle s'efforça de regarder
l'étagère à sa droite
et puis les différentes allées
                    – il n'y avait personne –
et puis ses pieds.

La silhouette était toujours
assise
sur le vieux siège
– le visage lui dit
bonjour.

Elle répondit
du bout des lèvres
s'avança vers lui
essaya de marcher droit
d'aligner des pas
de fixer un point fixe
devant elle
                    non
pas le visage
l'horloge au-dessus de lui
par exemple
c'est bien.

Une fois face à lui
elle plongea la main
dans son sac à dos
et en sortit
L'Écume des jours.

— Tu t'appelles Swann
c'est ça ? demanda le visage.
Elle hocha la tête.
Elle voulut lui demander
comment il savait.

— Hélène m'a parlé de toi, dit-il.
— Ah oui ?
— Ben ici
c'est rare
les lecteurs qui portent pas
de dentiers.

Elle rit
et peut-être
qu'il ne l'entendit pas.

Il y eut un silence.

Il jouait avec ses doigts
sur la couverture en cuir.

Le Petit Prince

Elle emprunta
Le Petit Prince.

Parfois j'ai peur que

Après le dîner
sous une purée de soleil émietté
maman et Swann
s'assirent sur des transats.

Maman étira ses ballerines
rose thé
dans l'herbe sèche.

— J'ai pensé à rapporter
L'Écume des jours, dit Swann.
Maman sourit.
Son sourire se froissa.

— Swann…
— Oui ?
— Parfois j'ai peur que
tu t'ennuies.

Swann haussa les épaules.

Les mouches

Parfois
Swann aimait creuser
dans sa mémoire.

Parfois
une eau opaque remplissait
sa baignoire
pas de canard en plastique
à la surface
juste des centaines de points
d'interrogation
qui clignotaient comme
des radars des questionnements
qui tournaient dans
son cerveau
comme les rouages d'une machine
à la Charlie Chaplin
folle et fatiguée.

Parfois trop souvent
les angoisses s'accrochaient
comme des mouches
sans ailes
aux rebords sales.

Swann était fatiguée d'être

Swann

elle avait besoin de vider
cette eau trouble
dans des tuyaux tout noirs.

Poussées d'herpès

Le lendemain était un samedi
et
après avoir administré
    douze Efferalgan
    neuf Doliprane
    et quatre antidépresseurs
et
    parce que la vie de médecin n'est pas toujours
très gaie
papa
rentra vers quatre heures
du matin
(d'un probable apéritif
chez des amis).

Swann entendait
les portes claquer.

La tyrannie des habitudes

Le dimanche matin
Swann s'assit sous le cerisier.

Elle posa son carnet
sur ses genoux frileux
et attrapa son stylo-plume
(coincé entre deux pages).

Elle en mâchonna l'extrémité
          en cherchant l'inspiration.

Elle aimait écrire
mais
ce matin
elle ne pensait pas à l'écriture
elle se sentait sale
dans sa robe jaune poussin.

Elle posa son visage
contre le tronc humide
aspira un carré de ciel – bleu dragée pimenté de nuages blancs –
et soupira.

C'était toujours la même chose.

D'un pas précipité
elle rentra à l'intérieur
monta jusqu'à sa chambre
chercha un coupe-ongles
coupa ses ongles encore
plus court qu'avant.

Elle sentit ses muscles son souffle
se détendre.

Ensuite elle but de l'eau au robinet
alla aux toilettes
but à nouveau deux gorgées
et retourna aux toilettes
(au cas où).

En sortant
elle s'aperçut
que l'un de ses ongles
était encore
un peu long
et le recoupa.

Dimanche

L'après-midi
Swann lut d'une traite
Le Petit Prince.

Elle n'avait déjà plus rien à lire.

L'enfance à la framboise

Parfois
le soir allongée
sur son lit
après que maman était passée lui dire
bonne nuit

et quand elle ne trouvait pas
le sommeil
elle aimait descendre
un peu loin
entre les parois humides
de l'enfance
sur les genoux de maman
ses cheveux au-dessus d'elle
d'épaisses feuilles de bananier
et ses mots qui coulaient de ses lèvres
        du miel.

C'était juste du miel
        l'enfance (enfin presque).

Juste du miel
        et des contes
des coquillages qu'on porte aux oreilles
le roucoulement de la mer
maman qui s'assoit au bord du lit
et raconte une histoire.

Parfois Swann fixait
sur le lit
l'empreinte de la jupe
de maman.

Elle cherchait une histoire.

Lundi

À dix heures
un rideau de lumière pendait
sous son nez
– elle se réveillait –
l'air embaumait le soleil brûlé
– elle bâillait –
elle se levait
et ouvrait la fenêtre.

Le ciel était craquelé
comme un œuf à la coque.

☆

À onze heures quarante-sept
et après s'être coupé les ongles
trois fois
elle se rendit
à la bibliothèque.

Pour une fois
elle n'avait pas pris son vélo
(elle ne savait pas regonfler un pneu)
alors elle marchait très vite
et les grillons chantaient trop fort
et maintenant qu'elle était
devant la bibliothèque
elle restait sur le pas de la porte.

Elle se leva
sur la pointe des pieds.
Elle regarda à travers la fenêtre
brouillée de poussière
        le visage
qui tenait sur un buste
et même deux jambes.

Elle entra.

— Bonjour, dit le visage.
Elle lui dit bonjour aussi
pas très fort
s'avança vers le bureau
et y déposa *Le Petit Prince*.
Il rangea le livre sur une étagère
derrière lui.

— Tu viens souvent
non ?
— Oui ça va.
— C'est dommage
qu'il n'y ait personne
de notre âge.

Elle haussa les épaules.

☆

Quand elle partit
il l'accompagna jusqu'à la porte.

Ses yeux la suivaient
effilés comme des amandes
ou des sourires – verts.

— T'aimes bien *Le Petit Prince*? demanda-t-il.
— Oui je le lis chaque été.
— C'est quoi ton passage préféré?
— Quand le petit prince tombe
dans le sable.

Bizarre

— C'est la première fois qu'on se voit
depuis que tu as fini le lycée.

La psy
assise sur le fauteuil
en face d'elle
un angle de lumière
calqué sur le parquet.

— Oui c'est vrai, dit Swann.
— Qu'est-ce que ça te fait, alors?
— D'avoir quitté le lycée?
— Oui.

Swann réfléchit.

L'angle de lumière
se calquait et se décalquait
sur le parquet froid.

Par-delà

Pendant la semaine qui suivit
Swann piocha dans les romans
de la bibliothèque
de maman.

Elles allèrent se promener
le samedi
regardèrent un film
et firent un grand ménage
le dimanche.

Le soir
Swann s'accouda à la fenêtre
le jardin sentait le mimosa
et une vague odeur de cendre
les voisins préparaient
un barbecue.

Elle entendait les enfants
se disputer – la mère
haussait la voix
et l'aînée l'imitait –
les autres riaient
en chœur.

Lundi
Swann retourna
à la bibliothèque.

La poussière

Elle attendit un moment
derrière la porte.

Le visage n'était pas assis
à son bureau
non
il était près des rayonnages
et ses mains serraient
un énorme appareil photo.

Swann entra.

Il ne la vit pas
tout de suite
ses yeux restèrent rivés
une seconde ou deux
sur l'appareil
avant de se tourner
vers elle.

Il la salua.
Elle lui répondit.
Elle se demanda
s'il fallait parler.
Elle chercha quoi dire.

— Tu prends des photos ?

Il sourit.

— Oui
j'aime bien ça.
Là
j'essayais de prendre
la poussière.

Swann elle
essaya de prendre
un air absorbé.

— Ah bon.

Elle avait envie de parler
– ça se tortillait
sans sortir.

— Je peux voir ?

Les questions

Les cloches de l'église
marquèrent midi et demi
(la pause-déjeuner
et la fermeture de la bibliothèque).

Swann portait dans son sac
un roman
dont elle ne se souvenait plus
du titre
le garçon ouvrit la porte

et leurs deux silhouettes
se retrouvèrent
projetées
dans la rue très chaude.

Elle hésita.

— Tu rentres chez toi ?

Il hocha la tête
et pointa
la route qui partait
vers la gauche.

— Je vais par là.
— Moi aussi.

Ils marchèrent
le long de la route moite
et brûlante.
Ils ne disaient rien.
Il se tourna vers elle.

Il y avait quelque chose
chez lui
dans son visage
d'un peu étrange
de pas très ordonné
qui lui faisait penser
à un personnage
de Picasso.

— T'habites ici
toute l'année ? demanda-t-il.
— Ouais.
— T'aimes bien ?

Elle chercha
une réponse
un peu subtile.

— Ça va.

Bientôt
ils arrivèrent devant la maison
de Swann
une vieille bâtisse
bordée d'oliviers
entièrement rénovée.

Il regarda quelques secondes
les volets bleus
et la terrasse en bois.

— C'est joli.
— Je trouve ça vide.

Il désigna un chemin qui serpentait
dans la campagne
un peu plus loin.

— Moi je descends là.
— C'est ta maison de vacances ?
— Oui.

Elle se demanda
quelle autre question poser.

— C'est la première fois
que tu viens ici ?
— Oui
j'habite à Paris.
J'aime bien ici.

Swann regarda autour
d'elle.

Du manque

Une fois chez elle
Swann tapa « Picasso »
sur Ecosia
(elle avait arrêté d'utiliser Google depuis deux mois).

Elle n'avait jamais vraiment su
si elle aimait ses peintures
mais
pour une fois
en regardant ces personnages déformés
ces avalanches de nez
et ces yeux colorés
elle sentit quelque chose
remuer dans
son ventre.

Et quand elle reposa
son portable
sur son lit
et qu'elle se retrouva seule
        entièrement seule
dans sa grande maison
        entièrement rénovée
quand elle descendit
dans ce salon digne de la couverture d'*Art & Décoration*
quand elle posa
        ses pieds nus
        sur le carrelage froid
quand elle s'assit sur le canapé en cuir raide
et bascula la tête
        en arrière
        vers toutes ces années
quand elle regarda tout ça
        toute seule
        tout
        toutes ces années de lycée
        tout
        lui sembla vide
        aussi vide que le jour
        où elle avait emménagé
        dans le village.

(À quinze ans juste avant la seconde un jour d'août fatigué
        elle s'en souvenait comme si c'était hier.)

Juste des murs blancs
des cartons
et du manque.

Au volant

Swann ouvrit
la vitre de la voiture
inspira une longue bouffée
d'air pollué
et toussa
les cheveux au vent.

— Tu peux fermer ? demanda papa au volant.
Ça fait du bruit.

Elle remonta la vitre.

D'habitude
c'était maman
qui l'accompagnait chez la psy
tous les lundis
mais ce soir-là
elle avait rendez-vous
chez le dentiste
et papa finissait
exceptionnellement
plus tôt.

Il avait accepté de l'emmener

et maintenant
ils écoutaient tous les deux
la radio très fort
un débat dont Swann ne connaissait
ni le sujet
ni les participants.

— On peut changer ? finit-elle par demander.
— Comme tu veux.

Elle appuya sur l'écran tactile
sentit ses oreilles se recroqueviller
sur elles-mêmes
et remit le débat inconnu.

— Y a rien de mieux.

Elle reposa les bras
le long de son corps et
joua avec les plis
de sa robe
orange mandarine.

— Tu viendras me reprendre
à vingt heures hein ?

Papa appuya sur l'accélérateur
passa la cinquième
on arrivait
sur la quatre-voies.

— Ça sert vraiment

à quelque chose
tous ces rendez-vous ?

Swann croisa les jambes.

— C'est compliqué tous ces trajets, reprit-il.
Alors quitte à faire des kilomètres
autant que ce soit utile.
— C'est pas toi qui les fais
ces kilomètres
normalement.
— J'ai jamais dit ça.
— Maman dit que
ça la dérange pas.

Il soupira.

— Qu'est-ce qu'il y a ? fit Swann.

Il ne répondit pas.

Elle regarda
ses sandalettes argentées
sur le tapis noir.

Un matin

Elle s'endormit tard.

Elle se réveilla
elle ouvrit le velux

devant elle
le matin coulait
dans une fondue
de champs jaunes.

Elle ferma les yeux.

Elle descendit
dans la cuisine
allumer la bouilloire.

Diabolo à la pêche

Elle retourna
à la bibliothèque
le lendemain.

C'était l'après-midi
il était déjà sorti
il était près de l'église
il prenait des photos du ciel
et l'appareil photo
couvrait son visage tout entier.

Swann resta immobile
un moment
laissa
        le clocher
        le bleu du ciel
        et la silhouette du garçon
se brouiller.

Au bout de quelques secondes
il releva le regard
de l'appareil
et l'appela.

Il s'approcha d'elle
à grands pas.

— Salut, dit-elle.
— Je t'ai même pas vue venir.
— Je viens d'arriver.

Ils se regardèrent.

— Ça te dirait d'aller
prendre un verre ? demanda-t-il.

Swann hocha la tête.

☆

Ils s'assirent
tous les deux
à l'extérieur
autour d'une table ronde
et bancale.

La chaise de Swann
lui brûlait les fesses
mais peu importait
c'était la première fois
qu'un garçon

l'invitait
à boire un verre.

— C'est la première fois
que je vais dans ce bar, dit-elle.

Il sourit.

— Je t'ai même pas dit
comment je m'appelle.
— C'est vrai
qu'en général
c'est la première chose
qu'on dit.
— Oui.
— Comment tu t'appelles ?
— Vadim.
— C'est russe non ?

Il hocha la tête.

— Ma mère aime beaucoup
la Russie.
— Elle vient de là-bas ?
— Non
mais elle a rencontré
son grand amour
à Moscou.

Le serveur arriva
un vieil adolescent
de vingt ans

qui semblait tout juste
sorti de son lit.

Vadim commanda
un diabolo à la pêche
Swann la même chose.

— Pourquoi t'es ici ? lui demanda-t-elle.
— Ici ?
— À la bibliothèque.
— Je suis stagiaire
pour cet été.
— Comment ça se fait ?
— Ma mère connaît Hélène
depuis qu'elle est petite.
Elle a tellement insisté
pour que je fasse quelque chose
de mes journées
qu'Hélène a accepté.
De toute façon
elle avait envie de partir.
Elle m'a surveillé quelques jours
pour voir si je gérais la bibliothèque
et elle me l'a laissée.
— Et t'étais déjà venu ici ?
— Non c'est la première fois.

Le serveur leur apporta
leurs diabolos
ils les burent à la paille.

Départ

Quand sept heures sonnèrent
son portable vibra
trois messages de maman
qui se demandait où elle était
si elle allait bien
et quand elle rentrerait.

— Désolée
ma mère m'attend.

Elle le regarda
en rangeant sa chaise.

— Je peux revenir demain
si tu veux…
— La bibliothèque est fermée
le mercredi pendant les vacances.
— Ah oui
c'est vrai…

Il parut réfléchir
— elle restait debout
elle se sentait idiote.

Il la regardait toujours.

— Tu voudrais me faire visiter
le coin ?

Nuages noirs

— Ça a été ta journée ?

Maman était
sur le pas de la porte
de sa chambre
dans ses chaussons violets.

— Oui ça va.

Swann écrivait dans son lit
maman s'approcha
et s'assit au bord.

Elles ne disaient rien.

Maman prit la main
de Swann
et la caressa
du bout du pouce.

Swann ne bougeait pas.

Maman lui tint encore un peu
la main
et finit par se lever.

— Bon
il faut que
j'aille préparer la quiche.
— Maman ?

— Oui ?

Swann inspira.

— Je peux sortir demain ?
— Sortir ?
— Juste aller faire un tour.
— Avec qui ?
— C'est…
Il y a un garçon à la bibliothèque
qui remplace Hélène.
Il veut que je lui fasse visiter
le coin.
— Il s'appelle comment ?
— Vadim.
— Il est sympa ?
— Oui.
— Vous allez où ?
— Je sais pas trop.
Se balader.

Maman réfléchit.

— D'accord.
Mais ne rentre pas trop tard.

Portable

Il lui avait donné
son numéro.

Swann attendit vingt-trois heures
pour se retrouver
en tête à tête
avec son portable.

Elle le regarda trembler
au creux de sa main
          se coupa un ongle
alla dans ses contacts
          but une gorgée d'eau
en créa un nouveau
et rédigea un message.

Coucou c'est Swann

Elle réfléchit
salut
n'était-il pas
plus naturel
fallait-il ajouter
un smiley ?

Elle écrivit
trois versions
de message
et finit par envoyer
la première.

☆

Elle attendit sa réponse.

Elle arriva
quatre minutes plus tard
– elle avait eu le temps
de se ronger
sept ongles et demi.

Coucou Swann
c'est toujours bon
pour demain ?

Elle attendit
avant de lui répondre
(histoire de ne pas passer
pour la fille trop impatiente).

Ouais ;)
répondit-elle.

(Sans le smiley
sa réponse était
beaucoup trop froide.)

Il lui répondit aussitôt :

Je peux passer chez toi
si tu veux

Elle décida de ne pas attendre
avant de répondre
– pour le bien-être
de ses nerfs

et parce qu'il n'attendait pas
lui.

Super !

À quelle heure ?

Comme tu veux

Elle réfléchit.

Onze heures ?

Oui c'est bien

Tu préfères plus tard ?

Non c'est bien

Ok

Elle chercha quelque chose d'autre
à lui dire
à lui demander
juste pour prolonger un peu
la conversation.

Elle l'imagina devant
chez elle.

Les portes

Il sonna à la porte.

Elle descendit
l'escalier

sa silhouette
se tenait dans l'encadrement
de la porte.

Ils se firent la bise
il lui demanda si ça allait
elle dit
oui et toi
il dit
oui très bien.

Il y eut
un court silence
pendant lequel
ils se regardèrent.

☆

Ils pédalèrent
sous une chaleur épaisse.

— Et sinon
t'es à la fac ? demanda-t-elle.
— En école de photo
à Paris.
Je rentre en deuxième année.
Et toi ?
— Je sors juste du lycée.

À midi
ils s'arrêtèrent
devant la couronne d'entrée

d'une forêt
presque une porte
– elle le regarda
une nouvelle fois
dans l'encadrement.

Au lac

Ils laissèrent leurs vélos
derrière des buissons
et emportèrent leur pique-nique.

L'air se rafraîchissait
au fur et à mesure
que leurs pas s'enfonçaient
dans la mousse du sol
le vert sombre des pins
(la forêt
était si silencieuse
que Swann pouvait entendre
la main de Vadim
cisailler l'air).

Elle le guida
        en bas
jusqu'à un lac où
miroitait une eau claire
bordé d'arbres très hauts
dont elle ne connaissait pas
le nom
juste les reflets.

Ils s'arrêtèrent
au bord.

— Tu viens souvent ici ? demanda-t-il.
— De temps en temps.

Il plongea ses pieds
dans l'eau.

Elle posa son panier
et le rejoignit
l'eau montait jusqu'à
ses chevilles.

☆

Ils ne disaient rien.

Swann lui envoya
une gerbe d'eau
du bout des doigts.

Il rit
l'éclaboussa encore plus
et Swann aussi
des colonnes d'eau sautaient
dans le ciel
et retombaient
sur leur peau
trempée.

— Tu fais quoi
quand tu viens ici ? demanda-t-il.
— Pas grand-chose.
Je lis.

Ils se mirent à nager.

Un lycée dans la forêt

Après le pique-nique
ils étendirent
leurs corps
sur des serviettes
au bord de l'eau.

Des particules de lumière
tombaient
sur leurs jambes.

Les serviettes étaient douces.

— On est bien ici, dit Vadim.
— Oui.

Swann ferma
les yeux.
— Je suis fatiguée.
— T'as mal dormi ?
— Bof.

Il y eut un silence.

Elle se retourna
sur le côté
– lui tourna le dos.

— C'était nul le lycée.
— Nul ?
— Oui.
— Pourquoi tu penses
au lycée ?
— Je sais pas.

Elle regarda la cime
des arbres
– et les colonnes de lumière
qui descendaient.

— J'ai arrêté le lycée, dit Vadim.

De plus en plus bas

Ils dormirent un peu
parlèrent encore
– maman appela Swann
à six heures et demie.

— Je dois rentrer, dit Swann.
— Pourquoi ?
— Parce que ma mère veut.
— Vous avez un truc de prévu ?
— Elle veut que je sois
à l'heure pour manger.

Ils remontèrent
jusqu'à leurs vélos
en silence.

Le soleil
tombait de plus en plus
bas
dans le ciel.

— Elle est si dure que ça ? demanda Vadim.
— Qui ?
— Ta mère.
— Non
c'est pas qu'elle est dure…

Elle chercha le mot.

Palourdes

Pour le dîner
maman avait préparé des tagliatelles
aux palourdes
– le soleil s'enfonçait
dans une crème écœurante
de nuages.

— C'était bien
ta journée ? demanda maman.
— Ouais.

Le repas se prolongea
en silence.

Parfois
Swann regardait maman
des mots fourmillaient
sur sa langue
et remontaient jusqu'à
ses lèvres.

— Maman ?
— Oui ?
— Tu penses que
je pourrais arrêter mon médicament ?
— Ton anxiolytique ?
— Oui.

Maman soupira.

— Qu'est-ce qu'il y a ? fit Swann.
— Tu dis ça parce que tu as passé
une bonne journée.
— Ça va bien en ce moment.
— Mais toutes les journées
ne sont pas bonnes
ma puce.

Vivre en se nourrissant de vide

La nuit
dans la chambre de Swann
l'air ne se rafraîchit pas.

Elle rêva du déménagement
de vieilles images jaunies
et écorchées
comme celles qu'on retrouve
au grenier.

C'était papa qui avait voulu partir
il y avait trois ans
il s'était disputé avec son père sa mère sa famille tout entière
et ne voulait plus avoir affaire
à ces connards
putain j'ai quarante-deux ans quand même
je suis plus un gamin
et puis
le Sud c'est sympa
on se fera griller des chipos le samedi

et on écoutera chanter les cigales
hein Swann ?
T'as quinze ans
il serait peut-être temps de découvrir
d'autres personnes
te faire d'autres amis tu sais
t'es toujours avec cette…
(comment elle s'appelle déjà ?)
Ah oui, Rose.

T'es toujours avec cette Rose
faut que tu t'ouvres
faut que tu changes.

De toute façon
Swann n'avait pas eu le choix.

Papa voulait
et
papa avait eu.

À bien y réfléchir
ils avaient dû faire
un barbecue tous les trois
une fois.

Swann s'en souvenait vaguement
les chipolatas avaient cramé
et il avait plu sur leurs chips trop salées.

Pour la réconforter
sa cousine Salomé
– dix-neuf ans aux cheveux dorés –

lui avait dit beaucoup de choses
sur le lycée
qu'elle perdrait ses boutons
et sa timidité
et peut-être même sa virginité
qu'elle connaîtrait
l'euphorie des premières soirées
et la maladresse
du premier amour passionné.

Swann avait eu beau espérer
        rien de tout cela
ne lui était arrivé.

Pendant ces trois ans
elle n'avait jamais décoré son casier au lycée
elle ne s'était jamais inscrite au club de théâtre
elle n'avait jamais réussi à
        oublier Rose.

Pendant ces trois ans
elle avait attendu patiemment
que les choses redeviennent
comme avant.

☆

Swann n'avait jamais été très bonne
en mathématiques
et pourtant
elle avait compté :

à ce jour Rose avait deux ans et demi de retard.

Elles s'étaient vues
une fois
aux vacances de Noël de seconde
et puis
après quelques mois de sms
et d'appels de plus en plus espacés

plus rien.

Maman disait que c'était normal
huit heures de route c'est beaucoup
et puis trois ans aussi ma puce
peut-être que Rose a changé
qu'elle s'est fait de nouveaux amis ma puce.

Swann acquiesçait
disait
oui bien sûr je comprends
mais elle ne comprenait pas
elle ne comprenait pas comment on pouvait passer ses journées à rire avec quelqu'un
prononcer son nom des dizaines de fois par jour
bâtir des projets
avec autant d'enthousiasme qu'un jeune architecte
des carrières de chanteuse et des road trips aux États-Unis
des pactes d'amitié ridicules
des promesses éclatantes

elle ne comprenait pas qu'on puisse confier
tout à quelqu'un
absolument tout
pour l'oublier juste après.

Playmobil

De toute façon
Swann n'avait jamais su aménager
les espaces vides
jamais su remplacer
quoi que ce soit.

Même petite
elle détestait les Playmobil
elle n'avait jamais réussi à construire
la grande maison
alors maman l'avait aidée.

Swann avait applaudi maman
avant de tout démolir.

Deux ennuis

Le lendemain
elle se força
à ne pas retourner
à la bibliothèque.

Elle s'y rendit
le surlendemain.

Il souriait.

— Tu t'ennuies ici ? demanda-t-elle.
— Un peu.
— Moi aussi
je m'ennuie un peu
chez moi.

Elle resta
toute la journée.

☆

Ils parlèrent beaucoup.

— T'es pas si timide
que ça
en fait.
— C'est vrai ? fit-elle.
— Tu poses beaucoup
de questions.
— C'est vrai.
— Mais tu racontes pas
grand-chose.
— Peut-être.

Invitation

Le lendemain
elle revint encore
à la fermeture de la bibliothèque
Vadim eut une idée.

— Et si tu venais manger
à la maison ?

Swann le dévisagea
comme s'il lui proposait de s'envoler
un an aux îles Canaries.

— Comme ça
on pourra retourner ensemble
à la bibliothèque
cet aprèm, ajouta-t-il.

La veille
ils avaient mangé chacun
de leur côté.

— Tu veux dire chez toi ? fit-elle.
— Oui je vis dans une maison.
— Je veux pas déranger…
— Je sais que ça peut te sembler bizarre
mais quand un truc me dérange
je le fais pas.
— Et ta mère ?
— Ma mère sera ravie d'accueillir
un autre être humain

que mon frère et moi.
Elle ne sut pas quoi répondre.

De toute façon
il avait déjà commencé
à marcher.

Une diva

Ils marchèrent un quart d'heure
sur des chemins
de plus en plus isolés.

Vadim aperçut une mante religieuse
couchée dans l'herbe.

Swann le regarda s'accroupir pour
la photographier.

Il se leva et la mena
jusqu'à une vieille bâtisse de pierre
blanc crème
perforée de fenêtres aux larges volets
et bordée de très grands arbres
des pêchers gorgés
de fruits énormes
qui ombrageaient une table de jardin.

Autour d'eux
les grillons chantaient

et l'herbe jaunissait
de plaisir.

☆

La mère de Vadim bronzait
sur un transat
étonnamment jeune
les boucles blondes dispersées
sur son front large
et gracieux.

Elle portait
des lunettes de soleil.

Swann resta un peu en retrait
tandis que Vadim s'approchait
d'elle.

Toujours allongée
la mère salua Swann.

Elle avait une voix puissante
comme une comédienne
elle dit qu'elle s'appelait Éléonore.

Swann bafouilla un bonjour.

Melon et tache de sang

Vadim entraîna Swann
à l'intérieur de la maison.

— Elle a l'air cool ta mère, dit Swann.

Il sourit.

Ils traversèrent de grandes pièces
fraîches poussiéreuses
peuplées d'ombres
et d'un mobilier ancien
qui sentait le renfermé.

— On dirait un manoir, dit Swann.
— Hanté ?
— Un peu.

Ils entrèrent dans la cuisine
une longue pièce étroite
aux murs jaune poussin.

Un petit garçon
d'une dizaine d'années
était en train de manger
des fraises.

— C'est Timothée,
présenta Vadim.

L'enfant se retourna vers eux

les joues pleines.

Swann le salua timidement.

Avec ses yeux chocolat noir
son petit nez rebondi
et ses cheveux aussi blonds
que ceux d'Éléonore
elle songea
qu'il ne ressemblait pas
à son frère.

☆

Ils préparèrent tous les trois
à manger.

Vadim et Timothée
épluchaient des carottes
sur le plan de travail
tandis que Swann découpait un melon
sur la table de la cuisine.

Les deux frères riaient entre eux
et Swann regardait leurs dos
se plier légèrement
côte à côte
presque collés.

Elle se coupa
l'index de la main gauche
avec le gros couteau de cuisine.

Un épais filet de sang
tacha le melon.

Elle se leva.

— Je vais passer mon doigt sous l'eau, dit-elle.

Vadim se tourna vers elle.

— Ça va ?

Elle comprima sa coupure
avec ses doigts.

— Oui
faut juste que j'aille nettoyer ça.

Elle sortit de la cuisine
en renversant
une tranche de melon.

Silence flottant

Vadim
la suivit
dans le couloir.

— Ça va ?

Elle se retourna
une goutte de sang
tomba sur le sol.

— Oui ça va.

Il s'approcha d'elle.

— Viens
on va mettre un pansement dans la salle de bains.

Ils montèrent l'escalier
les marches grinçaient.

Ils arrivèrent devant la salle de bains
et Vadim poussa la porte
en silence
un silence humide
glissant de regards
qui s'approchent l'un de l'autre
et se dérobent
au dernier moment.

Balançoire

Ils entrèrent
dans une pièce exiguë
qui sentait la crème à la noix de coco
et les dizaines de lotions
qu'Éléonore entassait sur les étagères.

Les deux corps se frayèrent
un chemin
Vadim sous le lavabo
pour chercher
coton désinfectant et pansement
et Swann juste au-dessus de lui
pour se rincer les mains.

L'eau se teintait
d'un rouge
dont elle ne pouvait détacher
le regard.

Il se releva face à elle
elle baissa les yeux vers le sol
mais il était comblé
par
les pieds
les jambes
la peau de Vadim.

— Tu me passes ta main ? demanda-t-il.
Elle la lui tendit
ses doigts à lui la saisirent
un peu trop vite.
— Attention
ça va brûler un peu.
Il imbiba un coton de désinfectant
et l'appliqua sur la coupure.
— Ça va ?
— Oui ça chatouille juste
un peu.

Les mots se tordaient
dans la gorge de Swann
asséchés par
l'odeur de shampoing au thé vert
qui chatouillait son front.

Vadim pansa son doigt.

Quand il eut terminé
il releva ses yeux vers les siens
une seconde
deux secondes
deux prunelles vertes
qu'elle aspira d'un coup
avec l'avidité d'un enfant qui avale
sa grenadine.

— Il te serre pas trop ? fit-il.
Elle avait presque oublié
sa blessure.
— Non c'est bon.

Il ne reposa pas ses mains
le long de son corps
il caressa le doigt blessé de Swann
et remonta
le long de la main
les jointures
le dos
le poignet.

Elle espéra

qu'il ne remarquait pas
combien elle tremblait
autour la pièce exiguë tanguait
un peu.

– Je peux t'embrasser ? demanda-t-il.
Elle acquiesça.

Jaunes

Au début
les lèvres de Vadim frôlèrent
doucement
celles de Swann.

Elle aurait aimé les goûter.

Elle pensa à son corps écrasé
contre le sien
à ses seins trop maigres
à ses cuisses de gamine
la raideur de ses lèvres et la maladresse
de sa langue.

Elle recula.

Il ouvrit les yeux.

Elle ne dit rien.

Elle crut qu'il allait parler

mais il resta silencieux
comme abasourdi.

— Désolée, dit-elle.
Elle s'avança vers la porte
et sortit
de la salle de bains
de la maison.

Elle marcha
le long des feuillages
jaunes.

Marées

Le soir
elle s'assit
au bord du lit
c'était l'heure
des marées d'ombres
elles essayèrent
de l'emporter.

Swann resta
au bord du lit.

Les nuages
descendirent
dans le jardin
elle ferma les yeux.

Elle entendit
des chaussons violets
traverser
le couloir
et s'arrêter
devant
sa chambre.

Maman entra
sans frapper
Swann la regarda
s'approcher.

La nuit tombait.

Maman passa un bras
autour
de l'épaule de Swann.

Swann ferma
de nouveau
les yeux
elle les serra comme
s'ils avaient été
des poings.

La nuit tombait.

Maman s'assit
au bord du lit.

Pas grand-chose

Le lendemain
elle regarda
un film
avec maman.

Elles étendirent
le linge
dans le jardin.

Elle lut
sur un transat.

Le soleil tapait
fort la chaleur
collait aux jambes
parfois
d'un coup
Swann montait
jusqu'à sa chambre
elle enjambait
les marches
et se précipitait
sur son portable.

Il ne lui avait
rien envoyé.

☆

Elle redescendait
les marches.
Elle cherchait
quelque chose
à lui dire.

Une excuse.

Le soir
après s'être lavé
le visage
elle pleura
dans son lit.

Bleu trop clair

Le lendemain
en fin d'après-midi
maman frappa
à sa porte.

— Swann ?
— Oui ?
Les lèvres de maman
étaient pincées.
— Il y a quelqu'un
pour toi
c'est le garçon
de la bibliothèque
il m'a dit.
Swann se leva.

Maman s'avança
vers elle.

— Tu veux me parler
ma puce ?
— Non c'est bon
je vais y aller.
— C'est pour lui
que tu es dans cet état ?
— Je t'expliquerai plus tard.

Swann la contourna
quitta sa chambre
et descendit l'escalier.

☆

Au début
il y eut un court silence.

Vadim la regardait
et elle fixait son tee-shirt
d'un bleu trop clair
presque blanc.

— Salut, dit-il.
— Salut.

Il y eut un nouveau silence
elle le regardait.

— Pourquoi tu es revenu ?

Il ne répondit pas.
— Tu veux marcher un peu ?
— Je me suis même pas lavée.
— Allez viens.

Elle le suivit.

Les pas s'égarent

Il faisait chaud
une chaleur étouffante.

— Où on va ? demanda Swann.
Vadim haussa les épaules.
— Où on veut.
— Et si on sait pas
où on veut aller ?

Leurs pieds s'égarèrent
dans le bourg.

— T'es allé à la bibliothèque hier ? demanda-t-elle.
— Oui.
Il y eut un silence.
— Je suis désolée.

Il releva le visage
vers le sien.
— C'est moi qui suis désolé.
— Dis pas ça...
— C'est pas grave. On oublie.

Étrangère

Elle ne retourna pas
à la bibliothèque
cette semaine.

Elle s'y rendit
la semaine suivante.

Il faisait
un ciel très bleu
il était derrière
son bureau.

— Y avait du monde
ces derniers jours ?

Nouvelles couleurs

Un matin
elle se leva tôt
elle passa
devant la salle de bains
et vit papa
boutonner sa chemise
pour partir
au travail.

Elle retourna
dans sa chambre.

C'était mardi
elle ne savait pas
quoi faire
elle voulait lire
elle se rendit
à la bibliothèque.

Il pleuvait.

Ils discutèrent
derrière les carreaux.

— Ça te dirait d'aller au lac ? demanda-t-il.
— Quand ?
— Demain
c'est le jour de fermeture.
— Mais demain aussi
il pleut.
— Ben toi tu fais
ce que tu veux
mais moi ça m'embête pas.
— Qu'est-ce que tu veux faire ?
— Des photos.
J'ai envie d'une nouvelle lumière
de nouvelles couleurs.

☆

La forêt ressemblait à une peinture
à l'encre délavée
        humide

et striée d'arbres maigres
et écorchés.
Vadim n'avait plus besoin de Swann
pour le guider
il connaissait le chemin
par cœur.

Ils marchaient en silence.

— Tu trouves ça beau ? demanda Swann.

Vadim regarda la mousse trempée
l'écorce molle des troncs
le ciel grisâtre.

Il acquiesça.

Swann regarda
elle aussi.

— Qu'est-ce que tu fais
avec tes photos ?
— Je veux faire un album
de cet été.

Jour spécial

Le soir
Swann parla au salon
avec papa et maman
dans la lumière jaunie de la lampe rétro

et la tiédeur des coussins.
Ça n'arrivait pas souvent
mais le lendemain était un jour spécial
le genre de journée
qu'on entoure au marqueur rouge
sur son calendrier
(même si Swann ne possédait
ni marqueur rouge
ni calendrier).

— Pas trop stressée
ma puce ? demanda maman.

Swann inspecta
son ongle rongé.
— Un peu.

Papa soupira.

— C'est toi qui la stresses
avec tes questions.
— Je te stresse Swann ? fit maman.
— Non...

Papa reprit une gorgée
de whisky.

— De toute façon
tu auras mention très bien.
— Et si je l'ai pas ?
— Tu l'auras.

Swann regarda sa longue silhouette
s'affaler sur le canapé
à un bon mètre de celle
de maman.

Rafraîchir

Les résultats du bac
tombaient le lendemain
à dix heures.

Swann se leva trop tôt
attendit une éternité.

À neuf heures cinquante
elle ne tint plus
elle se connecta au site
et entra son numéro de candidat
et sa date de naissance.

Évidemment
les résultats n'étaient pas
encore arrivés.
Elle attendit
devant son ordinateur
en rafraîchissant la page
toutes les quinze secondes.

Neuf heures cinquante-neuf
quinze secondes.

Elle avait toujours été
une bonne élève
du genre à écouter en cours
pendant que les autres
s'envoyaient des boulettes en papier.

Elle rafraîchit la page.

Elle avait toujours été une bonne élève
du genre à s'intéresser à tout
la fille polie du premier rang
qui pose toujours des questions
d'une voix fluette.

Elle rafraîchit la page.

Elle avait toujours été
une bonne élève
du genre à attendre ses bulletins
avec une boule dans la gorge
une seule mauvaise note
et papa et maman seraient déçus
c'est sûr.

Elle rafraîchit la page.

Les résultats étaient arrivés.

Mention bien.

Juste bien

Elle resta
devant son ordinateur.

Vingt secondes plus tard
son portable sonna
elle l'attrapa
le plaqua contre son oreille.

— Coucou ma puce, dit maman.
— J'ai eu mention bien.
— Je sais
je viens de voir ça
c'est super.

Swann essaya
de dire
quelque chose.

— Allô ? fit maman.
— Je suis là.
— Tu es allée voir tes notes ?
— Non j'y vais.

Swann les regarda.

— Alors ? fit maman.
— C'est l'histoire
qui m'a tout fait baisser.
Et la philo aussi.
— C'est pas grave.

Swann ne répondit rien.

— Tu as le droit
de ne pas être parfaite
ma puce.
— J'aurais dû plus travailler l'histoire.
J'ai presque rien trouvé à dire
sur Saddam Hussein
c'est pour ça...
— Swann
tu devrais être contente
de toi.
C'est très bien.
— Non c'est juste
bien.

Trop bête

Elle n'alla pas
à la bibliothèque.

Ce jour-ci
il faisait chaud
humide
et rien n'avait de sens.

— Mais comment ça se fait
que tu as bien
alors que tu as autant travaillé ? fit papa.

Elle lui parla de l'histoire
du sujet trop dur de philo
sur la Vérité
de l'étude de documents
d'histoire alambiqués.

Il haussa les épaules.

— Il est connu
Saddam Hussein
quand même.

Maman dit à papa
qu'elle avait quand même eu
dix-sept en littérature
et dix-huit en anglais
et en espagnol.

— Mais le truc, dit papa
c'est que ta philo et ton histoire
c'est coefficient
sept et quatre.

Swann hocha la tête.

Elle se souvint
de son stylo
qui tremblait
entre ses mains.

De beaucoup de choses

Le lendemain
il pleuvait et Swann
se rendit à la bibliothèque
avec un parapluie.

Vadim ne portait qu'un tee-shirt
à manches courtes.

— Alors le bac ?
— Quoi *le bac* ?
— Je sais que
c'étaient les résultats hier.

Elle se força à rire.

— Je suis au courant merci.

Un vieux monsieur entra
dans la bibliothèque.

Vadim partit lui demander
s'il avait besoin d'aide
ils parlèrent
au moins cinq minutes.

Accoudée au bureau
Swann regardait dehors
et parfois
son regard glissait
vers Vadim.

Il déployait de grands gestes
pour expliquer au vieux monsieur
pourquoi ce livre
était génial.

Quand le vieux monsieur partit
il revint s'asseoir près d'elle.

— Tu t'ennuies pas trop ?
— Pourquoi ?
— Tu restes toute seule
quand je vais parler aux gens…

Elle haussa les épaules.

— Tu pourrais aller les voir, dit-il
aller les conseiller…

Elle haussa les épaules encore.

Il la regarda.

— Qu'est-ce qu'il se passe ?
— Je sais pas…
— Si tu sais.

Elle essaya de sourire.

— C'est rien.
— Dis quand même.
— C'est le bac.
— Le bac ?

— Tu vas dire que c'est con...
— Je ne vais rien dire du tout.
— Je voulais avoir mention très bien...
— Et qu'est-ce que t'as eu ?
— Mention bien.

Il hocha la tête.

— C'est con hein ? fit-elle.

Pendant un moment
il resta silencieux.

— Je déteste les notes.
— Ah oui ?
— Oui.
— Moi ça m'a toujours rassurée.
— Pourquoi ?
— Je sais pas
je me dis qu'au moins
avec les notes
on sait un peu ce qu'on vaut.
— C'est pas vrai.

Elle sourit.

— Désolée.
— Pourquoi ?
— Je te parle tout le temps
de mes problèmes.
— On a le droit de parler
de ce qui est important.

Le vent claquait
contre les carreaux
elle n'osait pas
lever le regard vers lui.

— Tu sais...
— Quoi ?
— L'autre jour
dans la salle de bains...

Il la regardait.

— L'autre jour
dans la salle de bains...
J'avais envie
moi aussi.

Il mit un moment
à répondre.

— Alors pourquoi t'es... ?
— J'avais peur...
— De moi ?
— Non pas de toi mais...

Elle chercha ses mots.

— J'ai peur
de pas mal de trucs
je crois.
— Des gens ?
— Oui je crois.

— C'est pour ça que tu es partie
le premier jour ?
— Désolée
c'était super bizarre.

Elle rit
lui aussi.

Leurs mains se rapprochèrent
d'un coup
leurs mains se rapprochèrent
et se serrèrent trop fort.

Leurs visages s'assemblèrent.

Cet été-là

Le cœur de Swann
cognait contre sa poitrine
mais elle n'avait pas peur
elle avait oublié qu'elle était Swann
elle se rappelait juste qu'il était Vadim
et c'était doux d'être là
avec lui
leurs deux chaises collées
dans cette bibliothèquc obscure.

☆

Une grand-mère
aurait pu entrer à tout moment
et ouvrir une bouche offensée.

Mais je sais aussi bien que vous
que son cœur aurait fondu
face à ces lèvres humides
ces bras maladroits qui se cherchent
et s'agrippent
comme si leurs vies en dépendaient
(et peut-être est-ce vraiment le cas)
il se serait noyé
dans une confiture à la fraise trop sucrée
la confiture de la jeunesse
et l'espace de quelques secondes
cette grand-mère un peu aigrie
serait retombée
dans la couette épaisse
et rieuse
de ses jeunes étés.

Imagination

Je pourrais vous raconter en détail
cette journée.

La vieille bibliothèque austère
dégageait des parfums
    de jeux
    des baisers sur la joue
    au creux du cou
et je suis sûre que vous auriez trouvé
    attendrissante
    la jambe de Vadim
    qui chatouillait celle de Swann
    sous le bureau.

Swann avait la candeur
des amoureux trop timides
incapables de déposer d'eux-mêmes un baiser
de caresser une main
elle rougissait
dès qu'elle croisait le regard d'un lecteur
– pourrait-il deviner
combien je crève d'envie
d'embrasser Vadim à pleine bouche
entre ces étagères osseuses ?
Pourrait-il deviner
toutes les idées folles
et tordues
qui traversent mon esprit ?

Je pourrais vous raconter en détail
cette journée
mais je suis sûre que vous avez
une très bonne imagination.

Le soleil s'était levé

Le soir
en rentrant chez eux
la main de Vadim vint se glisser
dans celle de Swann.

Swann sentit ses doigts se crisper
son corps se tendre
et pourtant
c'était très doux
sa main dans la sienne.

Vadim s'en rendit compte.

— Ça te gêne ?
— J'ai peur qu'on nous voie.
— Ce serait grave ?
Elle pouffa.

— Je sais c'est débile.
— Non c'est marrant.
J'ai l'impression d'être
ton amant.
Ils rirent.

Au moment de se quitter
Swann vérifia qu'il n'y avait personne
dans la rue
et déposa un rapide baiser
sur les lèvres de Vadim
– et son cœur s'emballa
comme si elle avait douze ans.

Mystérieusement idiot

Le soir
Swann resta tard
dans le jardin
allongée sur un transat.

Maman devait la croire
dans sa chambre
enfouie dans ses draps
comme la fillette obéissante
qu'elle avait toujours été.

D'ailleurs
Swann n'avait pas été
très bavarde au dîner
elle avait mangé
son crumble de courgettes
un sourire
mystérieusement idiot
aux lèvres.

Maman en était verte.

Ombres morcelées

Le soir
Swann avait emporté son carnet mais elle n'avait pas écrit un mot
pas d'inspiration
juste envie
de s'étendre dans le noir.

Elle respira lentement.

Les brins d'herbe
crépitaient sous ses pieds.

☆

Ses doigts
finirent par la démanger
elle attrapa son carnet
le plaqua contre ses genoux
et fabriqua
un collier de mots maladroits
apeurés d'un amour
primitif et prématuré
des mots
qu'elle n'oserait jamais
lui envoyer.

À minuit quarante-six
son portable vibra
couché dans l'herbe.

Swann s'enfonça dans son transat
comme dans un tombeau
la main livide prisonnière
d'une déception
future et certaine
(c'était sûrement un banal sms
d'une fille de sa classe
venue prendre de ses nouvelles
rien de plus).

Elle attendit quelques secondes
avant d'allumer son portable.

L'écran bleu
lui fit cligner les yeux.

C'était un message de lui.

Toujours réveillée ?

Elle referma son carnet d'un coup
les joues écarlates
comme surprise en plein délit
atteinte par la peur irrationnelle
qu'en lui envoyant un simple sms
il avait deviné ce qu'elle faisait
que peut-être
il savait même qu'elle écrivait
sur lui.

Elle mit plusieurs secondes
à calmer son souffle.

Et petit à petit
elle bascula son visage
en arrière
bercée d'un nid d'images
entremêlées
– Vadim dans son lit
la fenêtre ouverte au-dessus de lui
et son torse nu saupoudré
d'odeurs mouillées
de filaments d'étoiles
(peut-être dormait-il en réalité
dans un vieux pyjama à rayures troué
mais cette idée
ne lui effleura même pas l'esprit).

Elle inspira
un grand coup.

Ses pouces trébuchèrent sur l'écran
s'arrêtèrent à chaque mot
le corrigèrent
l'effacèrent
et recommencèrent
encore une fois.

Après avoir essayé
trois tournures de phrase
et quatre ponctuations différentes
elle envoya :

Ouais, je suis dans mon jardin

Elle attendit sa réponse.

Une minute.

(Un ongle arraché.)

Deux minutes.

(La peau autour des ongles de ses pouces
se fendillait.)

Trois minutes.

(Peut-être butait-il sur ses mots
comme elle l'avait fait ?)

Quatre minutes.

(Swann émit deux hypothèses :
soit il lui rédigeait le pavé du siècle
soit il avait brusquement réalisé
que l'embrasser avait été
la pire erreur de sa vie
et qu'il ne voulait plus jamais
ô grand jamais
avoir affaire à elle.)

Cinq minutes.

(Elle ajouta une hypothèse à sa liste mentale :
et s'il était parti se brosser les dents ?)

Six minutes.

(Swann s'écroula
sur son transat
en proie au désespoir.
Il fallait se rendre à l'évidence :
il ne lui répondrait jamais.
Sa réponse à elle
l'avait déçu
lui.)

Sept minutes.

Son portable vibra.

Qu'est-ce qu'on peut faire
dans son jardin à presque une heure du matin ?

Un poids s'évapora du ventre de Swann
tandis qu'un sourire vainqueur
tordait ses lèvres.

Et comme il avait mis sept minutes
à lui répondre
elle en mit dix.

(Et pendant ces dix minutes
elle imagina l'accent de sa bouche
à la fin de la question
ses sourcils légers relevés
dans une expression semi-moqueuse
semi-amusée.)

J'écris un peu
envoya-t-elle après tout ce temps.

Il répondit aussitôt
et elle se sentit bête
– elle et ses artifices
dignes d'une collégienne.

T'as retrouvé l'inspiration?
Ouais, je crois

Elle détestait ses réponses
trop froides
trop courtes
trop elle.

J'ouvre ma fenêtre
comme ça je suis un peu comme toi
écrivit-il.

Elle imagina
le volet s'entrebâiller
les ombres morcelées des arbres
sous ses yeux
à lui.

Cette fois-ci
elle ne réfléchit pas.

Tu veux venir à la maison
demain midi?
envoya-t-elle.

Maintenant qu'on était demain

Le lendemain matin
Swann hésita longtemps devant
son placard.

Toutes ses robes se ressemblaient
jamais l'ombre d'un décolleté
des pétales de tissu colorés
pas encore déployés
des fleurs encore engluées
dans une enfance douce et sirupeuse.

Elle choisit la rouge coquelicot
celle que maman aimait le moins
(le rouge est une couleur de femme
disait-elle).

Elle s'introduisit
dans la salle de bains
des parents
et fouilla le maquillage de maman
en jetant des coups d'œil
à gauche et à droite
comme si elle pouvait surgir
d'un moment à l'autre
(elle était pourtant au travail
mais Swann ne pouvait pas s'en empêcher).

Elle peinturlura ses cils de mascara
et farda ses paupières
d'un nude chatoyant

(la teinte intermédiaire sur la paupière
la plus claire au-dessus
et la plus foncée
pour souligner le regard).

Elle observait
le reflet qui ondulait sur la glace
quand elle entendit sonner.

Elle partit ouvrir.

C'était Vadim.

Elle eut un peu de mal
à le regarder
dans les yeux
mais trouver ses lèvres
fut plus facile.

Libres

Le matin
les grands-mères du bourg se rassemblèrent
à la bibliothèque
histoire d'occuper
leurs petits-enfants bruyants
et de papoter mots croisés.

Swann et Vadim
eurent à peine le temps de discuter.

Occupée à enregistrer
des Claude Ponti
Swann se laissait ronger
par une impatience
plus grande qu'elle
une impatience teintée d'anxiété
qui éclata
à midi et demi.

Les mamies repartirent
la bibliothèque se vida.

Vadim et elle
se jetèrent
un couplet de regards
avant de rentrer
sous un soleil trempé.

Il souriait.

— Je t'ai vue parler aux mamies.
— J'ai conseillé Éluard et Baudelaire.
— Original.

Elle lui balança
un petit coup de coude dans le ventre
et il fit semblant d'avoir mal.

Pour se faire pardonner
et parce qu'on approchait de la maison
et qu'il n'y avait personne dans la rue
elle lui donna la main.

Nuages cotonneux

Swann ouvrit la porte.

Elle regardait Vadim
ses yeux balayaient
le moindre recoin
les chaussons violets de maman
sur le paillasson
le vase d'orchidées
au coin de la commode
les *Marie-Claire*
sur la table du salon.

C'était drôle de le voir
un garçon pareil
tout droit sorti d'un tableau de Picasso
au milieu des murs trop blancs
de sa maison trop rangée.

— Ça change de chez moi, dit-il.
— Chez toi ici
ou à Paris ?
— À Paris.
Elle acquiesça.

Il s'approcha d'elle
et enroula son doigt
autour d'une mèche
de ses cheveux.

— Tu restes ici tout l'été ? demanda-t-elle.
— Oui.

Il posa sa main
sur la joue de Swann.

Elle ferma les yeux
nuages cotonneux
elle sentit ses cils battre
contre ses paupières
elle enlaça ses épaules
et leurs bras s'agrippèrent
leurs langues se chatouillèrent
se caressèrent
et se cognèrent
elle ne pensait plus à rien du tout
il fallait presser son corps
contre le sien
et basculer contre le mur.

☆

Et quand la tempête se calma
quand leurs langues cessèrent de dévorer
        les lèvres
        les joues
        le cou
quand leurs deux corps s'affaissèrent
sur leurs jambes tremblantes
        d'un désir un peu fou
ce désir qui crie c'est aujourd'hui ou jamais
        rien d'autre ne compte après tout

quand leurs bouches ne ressemblèrent plus
qu'à deux cavités molles et fatiguées
et leurs souffles
à deux respirations éreintées
        ils se regardèrent
encore une fois
comme s'ils venaient juste de se rencontrer
ils se regardèrent comme les deux adolescents
qu'ils étaient encore
        légers et insouciants
        ardents et passionnés
comme deux acteurs de théâtre tragique
qui s'imaginent au tout début
de quelque chose de grand.

Cerise trop mûre

Ils préparèrent des spaghettis au pesto
et mangèrent à l'ombre du cerisier
sur la petite table ronde.

Tous deux baignaient
dans un silence rempli
de mots
de regards.

— J'aimerais bien aller
à la mer demain, dit-il.
— Je veux bien aussi.
— Je pourrais te prendre en photo ?

Elle leva la tête
les cerises rougissaient
si elle ne les cueillait pas d'ici peu
elles seraient trop mûres
c'est sûr.

Maman

Le soir
Swann guetta le retour de maman
il fallait lui demander
il fallait qu'elle accepte
après tout
ce n'était pas si loin
la mer.

À dix-huit heures deux
elle entendit la porte
s'ouvrir.

Elle sortit de sa chambre
se pencha vers l'escalier
entrevit une ombre
maman filait
à toute allure
ses cheveux collaient
à son visage.

Swann vit qu'elle pleurait.

Un peu seule

Swann ne se souvenait pas
d'avoir déjà vu maman pleurer
à part devant les films
mais tout le monde pleure
devant les films
et c'était comme une fissure
voir maman pleurer.

Elle s'assit sur son lit
et réfléchit.

Elle ne savait même pas
comment consoler maman.

Elle finit par sortir de sa chambre
rejoindre la sienne
et frapper tout doucement.

— Maman ?

Elle entendit un reniflement
une main qui essuie
des larmes.

— Oui ma puce ?
— Je peux entrer ?
Il y eut un silence.

— J'ai besoin de rester un peu seule
d'accord ?

Sa faute

Au fond
Swann savait pourquoi.

Elle savait pourquoi
maman pleurait.

Et c'était sa faute.

Maman avait été pharmacienne
pendant quelques années
et si ça n'avait pas duré
si elle passait désormais ses journées
abrutie devant un tableur Excel
dans une entreprise qu'elle détestait
– loin de ses rêves –
c'était la faute
de Swann.

Corps-téléphone

Swann ne parla pas de la mer
à maman
elle lui laisserait un petit mot
avant de partir.

De toute façon
elle oublia vite
elle reçut un message de Vadim
vers minuit
et ils parlèrent jusqu'à deux heures
sans parvenir à calmer
l'ardeur de leurs pouces impatients.

Cette nuit-là
elle n'éteignit pas son portable
elle le laissa à côté de son oreiller
et imagina
qu'à la surface noire
se substituait
le voile d'un corps allongé.

Et le reflet

Le lendemain matin
juste avant de prendre sa douche
elle se regarda dans la glace
        elle commença par ses jambes
        petites et maigrelettes

qui s'entortillaient toujours l'une contre l'autre
comme deux brins d'herbe peureux
tout était maigre chez Swann
de ses hanches à ses seins
tout donnait l'impression d'inachèvement
une église à peine entamée
voilà ce qu'elle était
et pourtant
elle avait dix-huit ans
sa poitrine aurait dû s'affirmer
sa taille s'élargir
son regard s'assurer
mais elle se contentait
d'observer ce reflet
ces yeux bleus
un peu tristes
et ces cheveux cendrés
comme cette chose qu'on voit au loin
sans pouvoir la toucher.

Cueille le vivant

Cette journée à la mer
avait le goût d'un soleil trop chaud
deux corps qui fondent dans le sable épais
les doigts enlacés
et retombent un peu plus tard
dans le bleu azur de l'eau.

Je suis sûre que vous connaissez ce goût

c'est celui de l'adolescence
qui court entre les vagues
la glace à la vanille
qui dégouline sur les doigts
et ce menton rieur
il ruisselle de sable mouillé
de quelque chose
qui frôle l'invincibilité.

Vadim prit Swann en photo.

☆

Allongée sur sa serviette
elle caressait les cheveux de Vadim
il était beau
une beauté qui fendillait
le cœur les doigts.

Il ferma les yeux
et elle posa ses lèvres
sur ses paupières gorgées
de soleil.

Il sourit
l'embrassa dans le cou.
— On va se baigner ?

Ils coururent sur le sable
leurs ombres
décuplées sous la lumière
mandarine.

Vadim se jeta tête la première
Swann hésitait.
— Allez viens, fit-il.

Elle finit par le rejoindre
il la cueillit dans ses bras.

L'eau était fraîche
une caresse froide
sur le corps de Swann
impatient
de découvrir
cette peau nouvelle
– son torse la fermeté de ses épaules –
qui s'étalait partout
comme un voile.

Il n'y avait presque personne
sur la plage
et ils s'embrassèrent
les lèvres collantes de sel.

Plus tard
ils s'allongèrent sur la mer.

Le sable n'était plus
qu'une ligne jaune
au loin.

— Ça me rappelle
quand j'étais petite, dit-elle.
— Tu allais à la mer ?

— Ouais des fois.
J'habitais en Bretagne.
Elle était froide.

Elle eut un petit rire.
— Ça me paraît tellement loin…
— Et c'était bien ?
— Ouais c'était bien.

Elle renversa un peu plus sa tête
dans l'eau.

Bleu hortensia

Ce soir-là
maman ne lui reprocha rien.

Elle la regarda juste
d'un air lointain et un peu effrité
couleur bleu hortensia.

Swann ne chercha pas à comprendre
papillonnante de rêveries
elle gardait
la bouche ouverte dans un O parfait
comme abasourdi.

D'autres mains

À la tombée de la nuit
Swann se déshabilla
et s'étendit sur son lit.

Elle couvrit son dos
rouge et brûlant
de biafine
et imagina que
ce n'étaient pas ses mains
à elle
qui parcouraient sa peau.

Comme du vent

Le lendemain
il faisait encore plus chaud
le soleil desséchait tout
et les murs de la bibliothèque
s'affaissaient
comme des plantes fatiguées.

La matinée se tira
sur un baiser de Vadim
ses lèvres contre le cou de Swann
un baiser profond
comme un trou qu'on creuse.

— On va manger chez moi ? fit-il.

— T'es sûr ?
— Oui
pourquoi ?

Elle ne répondit pas.

Il lui donna la main
et elle regarda
ses petits doigts maigres
s'enfouir dans le miel
de sa peau.

— Je te montrerai
les photos que j'ai prises de toi.

Et sans attendre de réponse
il l'entraîna dehors
dans la rue déserte
le long du chemin crocheté
de fougères.

Vitre ouverte

Un quart d'heure plus tard
ils retrouvèrent la grande maison
à l'allure italienne
les pêchers hérissés de fruits
et Éléonore
couchée sur son transat
comme une lionne.

Elle lisait un roman
elle les salua
en bâillant un peu
un bâillement négligé
qui déformait
son sourire rouge carmin.

Elle replongea dans sa lecture.

Swann hésita à s'excuser
pour son attitude de la dernière fois
sa fuite soudaine
alors qu'elle devait déjeuner
avec eux.

Vadim l'attira à l'intérieur.

— Tu viens ?
On va te regarder.

Après le soleil
l'obscurité des grandes pièces
poussiéreuses
lui fit cligner des yeux
elle ne voyait presque plus rien
alors elle suivait l'ombre de Vadim
devant elle
qui rampait sur le sol froid.

Ils entrèrent dans le bureau
troisième porte à droite
du couloir de l'étage

une pièce coquette
emmitouflée dans la lumière jaune
d'une grande fenêtre.

Vadim désigna un vieux sofa
rongé par le temps.

— Tu peux t'asseoir
si tu veux.
Swann s'assit
et le regarda
s'affairer auprès
du rétroprojecteur.

Il grésillait déjà.

La première photo
se projetait
sur la grande toile blanche
suspendue au mur.

Vadim s'assit
près de Swann.

C'était elle
sur la photo
c'était elle et la mer derrière
c'était cllc
et elle regarda la couleur un peu fanée
ce jaune languissant
le clapotis des vagues

et puis
elle se regarda
elle
elle regarda son sourire
cette vitre ouverte.

— Tu aimes bien ? fit-il.
— C'est pas mal.

Il souriait.

— Je voudrais l'afficher en grand
dans ma chambre.
Elle pouffa.
— Espèce de psychopathe.

Ils restèrent un moment
enfermés dans
        le silence
des particules de poussière
qui tombaient
par terre
        le silence
de deux respirations suspendues
deux mains qui se cherchent.

— J'aime bien ton odeur, dit-il.
Elle laissa tomber sa tête
contre son épaule.
— Tu sens l'été.

Il caressa ses doigts
toujours ils ne se regardaient pas.

— J'aime bien cet été, dit-il.

Il retourna son visage vers le sien
leurs deux visages collés
leurs lèvres pétries
cet appel déchirant
ce creux au milieu du canapé.

Semer des baisers

— À table!

C'était la quatrième fois que Timothée
les appelait
depuis le rez-de-chaussée
et Vadim et Swann affolés
s'embrassèrent
une nouvelle fois
une dernière fois
et une nouvelle dernière fois.

Incapable de quitter ses bras
Swann murmura à son oreille
(dans l'entrechoc de leurs lèvres
les mots paraissaient presque maladroits):

— Il faudrait y aller
non?

Elle sentit le sourire de Vadim
s'imprimer contre sa joue.
— Il faudrait.
— Je vais finir par croire que tu es
un mauvais garçon.

Le rire de Vadim
coula dans son oreille.

— Tu sais que t'es moins timide
que je le pensais ?
— J'ai quand même réussi à foirer
notre premier baiser.
— C'est vrai qu'il était bien raté.
— Là tu étais censé me dire :
non ça allait encore
ne t'inquiète pas Swann.
Et puis de toute façon
ceux qui l'ont suivi
l'ont largement compensé.
— Tu trouves ?

Elle s'échappa de ses bras
en riant.

— Ok si c'est comme ça
je ne t'embrasserai plus jamais.
Je ne te toucherai plus non plus.
Et si je te frôle un jour
ce sera par accident.
Un terrible accident.

— Je ne te l'ai jamais dit
mais je suis très maladroit...
— Prépare-toi
je vais redevenir la fille coincée
qui rougit en disant bonjour
au boulanger.
— Tu as arrêté de rougir
en lui disant bonjour ?
— Non mais ça c'est pas ma faute.
Il n'avait qu'à pas être beau aussi.
— J'aime pas les gens trop beaux.
— C'est pour ça que t'es avec moi ?
— J'ai jamais dit
que je t'aimais bien.

Ils sourirent
leurs lèvres rapprochées.

— Moi non plus
tu sais, dit-elle.
— Disons que je ne te déteste pas.
— Alors dis-le.

Il la regarda droit
dans les yeux.
— Je ne te déteste pas
Swann.

Ils furent interrompus
par le cri désespéré de Timothée
qui les appelait
une nouvelle fois.

Ils se regardèrent en même temps
éclatèrent de rire
et descendirent l'escalier
en courant
semant au hasard des marches
quelques rires
et même un ultime baiser
qui se prolongea jusqu'au
rez-de-chaussée.

Dix-huit ans

Arrivés dans le jardin
leurs corps s'écartèrent
sans la moindre concertation
et Swann s'efforça d'adopter un air sérieux
comme si rien
absolument rien ne s'était passé
mais c'était trop dur
un sourire épais recouvrait ses lèvres
comme une couche de confiture
trahirait un enfant gourmand.

Éléonore
assise avec Timothée
sous l'ombre des pêchers
avait retrouvé sa bonne humeur
elle les regardait
en souriant.

Vadim et Swann
s'assirent l'un en face
de l'autre
sur la table trop petite.

Éléonore regardait Swann.

— Tu as quel âge
ma belle ?
— Dix-huit ans.

Éléonore soupira.
— Ah
comme j'aimerais
avoir de nouveau
dix-huit ans !

Swann écouta
son soupir.

Éléonore continua
de parler.

Sourire d'automne

Pendant le reste du repas
et pour ne pas penser
à Vadim
tout près d'elle
son corps séparé du sien

par un plateau de rosette et de jambon sec
Swann écouta d'un œil attentif
Éléonore déblatérer
des tas de propos barbants
que rendaient seulement supportables
ses mots
ses grands gestes
et le timbre de sa voix.

Elle n'émergea de ce petit monde
– ce monde où elle seule existait –
qu'une dizaine de minutes plus tard.

— En fait qu'est-ce que tu voudrais faire
plus tard ? demanda-t-elle à Swann.
— Je sais pas trop…
répondit Swann.
Je vais en fac de lettres modernes
et je verrai après…
— Tu as hâte ?
— Non pas trop…

Trois regards avalaient
le sien.

Swann but une gorgée d'eau
ses dents heurtèrent un glaçon
et elle reposa le verre.

— Je connaîtrai personne, dit-elle.

Elle imagina l'automne.

Un piano en novembre

À la fin du repas
Éléonore leur joua
un morceau de piano
au salon.

Ses boucles blondes ondulaient
au rythme du morceau
et tombaient en masse
sur les touches.

Derrière le piano
deux ombres immobiles
Swann et Vadim
serrés
sous le tremblement
des cordes.

Quand les doigts d'Éléonore
se reposèrent sur les touches
ils ressemblaient à ces bâtons humides
qui foulent le sol
des matins de novembre.

Une voix gris anthracite

Ils retournèrent à la bibliothèque
la gorge enrouée
du gris maussade
du ciel.

— J'ai encore le morceau
dans la tête, dit Swann.

Vadim sourit
une éclipse au coin des lèvres.

— Parfois
elle joue des jours entiers.
— C'est toujours aussi triste ?
— Ouais.

Ils marchèrent près d'un champ
tellement sec
qu'il en paraissait gris.

— Elle chante aussi ? fit Swann.
— Plus maintenant.

Il y eut un silence.

— Elle était chanteuse avant
ma naissance, reprit-il.
Chanteuse d'opéra.

☆

Ce soir-là
Swann serra très fort Vadim
dans ses bras
elle le serra contre elle
jusqu'à sentir ses os aplatir les siens
et son souffle se coupa

elle se leva sur la pointe des pieds
et l'embrassa plus fort.

Il la regarda
sans comprendre.
— Ça va ?

Elle hocha la tête
et il caressa ses cheveux
d'une main molle.

Entaille

Elle ne lui avait pas dit qu'elle allait
chez la psy.

Dès le début du trajet en voiture
elle ouvrit sa vitre
et pencha son visage
à l'extérieur.

— Tu veux bien éteindre la radio ? fit maman
au bout d'une minute ou deux.

Swann acquiesça
sortit un peu vite sa tête
et éteignit.

Le silence tomba
et la route aussi.

— Comment ça se passe ? demanda maman.
— De quoi tu parles ?
Maman sourit.
— Je sais bien que tu vis
quelque chose de nouveau
ma puce.
— Ça va.
— Tu peux me parler
si tu veux.
J'ai eu ton âge
tu sais.

Dans la chambre
un manteau

Vers vingt et une heures
Swann entendit
une pluie de ricochets
contre le mur de sa chambre.

Maman pleurait.

Swann eut envie de se boucher
les oreilles
mais elle resta étendue
sur son lit.

On toqua à la porte.
— Oui ? fit-elle.

Papa entra.
Il ne s'assit pas
sur le bord du lit
il portait encore son manteau.

— Je peux venir un peu ?
— Ok.

Derrière le mur
on entendait encore
maman.
— Ça te fait rien ?

Swann fixa ses jambes
ses pieds
le drap.
Bien sûr que ça lui faisait
quelque chose.

Elle ne le dit pas.

— Il faudrait qu'elle change de boulot, dit-elle.
Il leva un sourcil
amusé.

— Tu penses vraiment
que c'est à cause
de ça ?

Elle hocha la tête.
Il laissa échapper
un petit rire.

— Tu sais que tu changes beaucoup
en ce moment ?

Elle haussa
les épaules.

Il continua :

— Maman m'a parlé de toi
l'autre jour.
Elle m'a dit que tu passais
beaucoup de temps
avec le garçon au nom bizarre là…
— Il s'appelle Vadim.
— Tu l'aimes bien ?

Il y eut un silence.

— Est-ce que tu as trouvé
quelqu'un d'autre ? demanda Swann.
— De quoi tu parles ?
— Est-ce que c'est la même
qu'avant ?
— Je comprends rien.

Swann resta silencieuse.
Il la regardait toujours.

— Je vois pas pourquoi
tu ramènes ça maintenant.
Et puis de toute façon
c'est des histoires d'adultes.

Le cauchemar

Cette nuit-là
elle fit ce cauchemar
qu'elle faisait trop souvent.

Elle
toute petite dans son lit d'hôpital
et puis
une robe à fleurs amaigrie
sur la chaise à côté
maman qui veille sur elle.

Au fond du couloir
elle aperçoit l'ombre de papa
s'échapper.

La maison italienne
sous la pluie

Le vendredi soir
Swann retourna chez Vadim.

La maison italienne
croulait sous une pluie féroce
et
pelotonnés sur le canapé
du petit salon
ils regardèrent un film
en noir et blanc
pendant que

des gouttes grosses
comme leurs doigts
tapaient contre les carreaux.

En fond sonore
léger et discret
le piano d'Éléonore.

Parfois
la mélodie s'arrêtait d'un coup
et aux notes gracieuses
cédait une violente toux.

Swann se serrait un peu plus
contre Vadim.

Sa chambre

Il lui montra sa chambre
cette grande pièce
un peu froide
au parquet rongé d'humidité
et pleine de romans écornés.

Sous la charpente en bois
          son lit.

Ils s'embrassèrent
sur le drap
tout blanc
parfumé de lui.

Au-dessus
des deux corps adolescents
l'écho de la pluie
le tumulte des bruits.

La pluie s'arrêta
comme on retourne
sur ses pas.

La mousse des arbres

Swann rentra chez elle
à vingt-trois heures
– bien assez tard
pour une jeune fille
de ton âge, aurait dit maman.

Elle marcha d'un pas lent
absorbé
du bout des doigts
elle arrachait la mousse des arbres
sans la regarder.

Elle arrivant
elle glissa ses sandales
sur le paillasson
et monta l'escalier
tout doucement
en écoutant les pleurs de maman.

Virée shopping

Le lendemain
maman ne pleurait pas.

Pour fêter
le régime de ses larmes
elle proposa à Swann
sa fabuleuse idée :

— Ça te dirait
d'aller faire
une virée shopping ?

Swann hésita à lui dire
qu'elle aurait préféré
se prélasser à la plage
avec Vadim.

— D'accord, dit-elle à la place.

Elle envoya un message à Vadim
pour lui expliquer
qu'ils ne pourraient pas se voir
ce jour-là.

Il lui répondit
que ce n'était pas grave
il voulait
prendre des photos
de toute façon.

Froid polaire

À l'intérieur de la galerie commerciale
il faisait un froid polaire.

Maman enroula son châle
autour des épaules de Swann
et Swann le lui rendit
en continuant de claquer des dents.

Elles enchaînèrent dix magasins
errèrent
dans huit cabines d'essayage
différentes.

Swann surveillait son portable
toutes les trois minutes
au cas où Vadim
lui aurait envoyé un message
(elle n'en reçut aucun).

Maman rapporta à Swann
une robe rose pastel
une autre vert pomme
et une dernière jaune canari
toutes en taille XS.
Swann les essaya
sous l'éclairage blanchâtre
des cabines.

Quand elle sortit
affublée de la jaune canari

maman la regarda en souriant
et s'approcha d'elle
sur ce ton de confidence
qu'ont les collégiennes
sous le charme
du plus beau garçon
de la cinquième B.

— Ça te va mieux
qu'à cette fille là-bas, murmura-t-elle
en désignant une adolescente rondelette.
Elle a ton âge et elle doit
faire du L au moins.

Swann ne répondit rien
elle n'acheta rien non plus.

Elle se contenta de lorgner
les shorts taille haute
et les tee-shirts courts
qui laissent entrevoir le nombril.

Maman soupirait.

— C'est fou qu'il y ait des filles pour mettre
des trucs pareils quand même.

☆

Le midi
elles se rendirent

au restaurant bio préféré
de maman.

— Tu devrais prendre
le gratin végétarien au tofu, dit-elle.
Il est excellent.

Swann commanda
un taboulé au quinoa.

Comme il y avait beaucoup de silences
et de bruits de mastication
maman s'exclama :

— Ça fait du bien
de sortir un peu non ?

Swann remua son taboulé
avec sa fourchette
en plastique recyclé.

— Ça va
je m'ennuie pas
en ce moment.

Maman sourit.

— Mais ça fait du bien de passer du temps
entre filles aussi.

Sous-vêtements

L'après-midi
elles passèrent devant
un magasin de sous-vêtements.

Swann ralentit imperceptiblement
maman accéléra le pas.

Le bain des Imaginaires

Elles rentrèrent à la maison
vers vingt et une heures
– sur le chemin du retour
maman avait voulu montrer à Swann
un petit restaurant thaïlandais
qu'elle classait parmi les meilleurs
de la région.

Pendant que maman s'affalait sur le canapé
heureuse et éreintée
Swann se rua vers sa chambre
et extirpa son portable
de son sac à dos.

Elle l'alluma
en trébuchant
contre une marche.

Toujours aucun message de Vadim.

Un soupir bleu pâle
sur les lèvres
elle entra dans sa chambre
s'allongea sur son lit
et attrapa le livre
posé sur sa table de chevet
– Vadim l'avait lu en début d'été
et le lui avait conseillé.

Elle posa le roman
sur ses genoux
la reliure craquelée
contre ses cuisses nues
et tout doucement
elle s'enfonça
dans le bain chaud et moussant
de leurs imaginaires entremêlés
plongés
dans un festival de bulles rosées
où
à chaque page tournée
se projetaient
l'esquisse d'un sourire
la silhouette de Vadim
à l'extrémité du bain
d'une phrase
ses pensées blanches et nues
qui gouttaient
au milieu des cheveux mouillés
et glissaient comme de la pluie
sur le dos lascif.

Elle s'arrêta au milieu d'un passage
persuadée qu'il avait ri
à ce moment précis.

Les joues rouges de plaisir
elle tendit la main
vers l'eau fiévreuse
et les deux silhouettes se rapprochèrent
leurs ombres s'étalaient sur le mur
flétries de volupté
elles s'enchevêtraient
dans une chair étroite et gourmande
une lumière vive
sur laquelle les paupières se fermaient
repues.

Après la noyade

Sous la lumière
jaune et cubique
de midi
– une rayure
qui jaillissait du velux
mal fermé
et rebondissait sur le parquet
en ricochets –
Swann émergea du bain
haletante
les yeux mi-clos
enroulée de rêves tièdes et pâteux

qui enserraient ses cuisses
autour de sa culotte mouillée
d'une substance inconnue.

La porte cahotait
sous un courant d'air
une vague odeur de lessive
légère et marine.

À côté d'elle
comme une silhouette endormie
le livre terminé.

Les Imaginaires s'évanouissent

Au fil des heures
la lumière se poivra
d'une chaleur épaisse.

Sous le velux à demi fermé
un carré blond
une gerbe de lumière
Vadim allongé sur le lit
le coude relevé
sur un menton rêveur.

Swann caressait ses boucles dispersées
d'une main légère
– et parfois
ses doigts se suspendaient

ébahis
par tant d'ondulations
de rondeurs.

— J'aime bien quand t'es ici... murmura-t-elle.

Il sourit.

— Pourquoi je viens pas plus souvent
alors ?

Elle l'embrassa
au coin des lèvres.

— Ma mère est toujours dans le coin.
Là mon père l'a emmenée au cinéma
mais c'était la première fois
depuis des années...
— Ils veulent pas que je vienne sinon ?

Elle bascula sur le dos
en soupirant.

— Non c'est pas ça...

Elle ne vit pas sa réaction
elle entendit juste son silence.

Il n'insista pas.

Il désigna du doigt
le roman qu'elle avait lu

la nuit dernière
toujours posé sur le lit.

— Eh mais je le connais celui-là…

Elle se retourna vers lui
égarée
d'un sourire fragile
déshabillé.

— Je me suis couchée à trois heures
à cause de lui.

Et avec une impatience
à peine dissimulée
elle scrutait
son profil découpé
dans des cisaillements
légers et confiants
le vert éclatant de ses yeux
– et son cœur à elle se soulevait
et roulait
jusqu'à son estomac
dans des ballottements
lancinants.
Vadim rit.

— T'as été courageuse
de le lire en entier.
— T'as pas aimé ?
— Non c'était fade
je trouve.

Elle cligna des yeux
sentit son corps
couler comme une pierre
dans le matelas.

— Pourquoi tu me l'as conseillé alors ?
— Je voulais juste savoir
ce que t'en penserais.
Elle hocha la tête.
— Du coup
t'as vraiment autant aimé que ça ? demanda-t-il.

Au souvenir
de ces heures entrelacées
dans la beauté des mots
– cette beauté humide
qu'elle avait imaginée
couler de lui
pour pénétrer en elle
quelques semaines plus tard –
elle resta un moment
silencieuse.

— Non sans plus.

Champs brûlés

La nuit suivante
recroquevillée
entre minuit et quatre heures du matin
l'œil sec et brûlé
elle relut le livre.

Parfois
elle croyait sentir
une flopée de boucles
caresser ses oreilles
elle s'assoupissait
et remontait le livre
sur ses genoux
de ses nouvelles mains
longues
dorées
masculines.

Tout épluchée

Elle l'écrivait
dans un coin de sa tête.

Vadim
étendu dans ces longues journées
à la bibliothèque
– Vadim poudré de lumière matinale
sa peau nectarine

qui s'ombrait un peu plus
à chaque heure.
Vadim capturé dans
une moue ennuyée
un rire sucré.

Elle l'écrivait
quand ils s'embrassaient.

C'était peut-être
la plus belle sensation
qu'elle connaissait
cette oscillation
entre la réalité du baiser
– sa tête légèrement penchée
ses bras autour du cou de Vadim
les siens qui encadraient ses hanches –
et ce regard extérieur
surélevé.

Elle regardait
leurs deux silhouettes emmêlées
comme ces voyageurs
qui se penchent au hublot
de l'avion
et s'émerveillent
des patchworks jaune de Naples
que forment les champs.

Elle lui disait au revoir
– toujours un peu trop fort
toujours trop longtemps

des adieux
qui se retournent
une fois
puis deux –
elle lui disait au revoir
et elle se ruait chez elle.

Elle s'enfermait dans sa chambre.

Dans la moiteur
de la pénombre,
des pelures de clémentine
Swann allongée sur son lit
tout épluchée.

Elle retrouvait Vadim
à travers ses pages
– des dizaines de versions de Vadim
étalées sur un carnet épais
comme un grimoire.

Elle le retrouvait
jusqu'à ce que son visage
bascule sur l'oreiller
et que le sommeil
la porte de nouveau
jusqu'à lui.

L'eau trouble

Parfois
quand le vert de ses yeux
s'éclaircissait trop
elle lui demandait
à quoi il pensait.

Il mettait un moment
à recentrer
ses pupilles
sur les siennes.

— Je pense à mon album.
— Tu lui as donné
un nom ?
— Tu te souviens
quand on était à la mer
et que tu parlais
de tes vacances d'enfance ?

La chasse au bleu

Le samedi
il voulut rester chez lui
à faire son album.

Il lui demanda
si ça la dérangeait.

Elle regarda
ses yeux
y trouva un peu d'encre
un peu d'art.

Elle répondit non
bien sûr que non.

Seule dans sa chambre
Elle s'assit devant son bureau
et écrivit Vadim
jusqu'à ce que l'écran
devienne tout bleu
ses mains congelées
et ses ongles friables
comme de la craie.

Le front en sueur
elle chassa tout ce bleu
par trois gélules blanches
et un grand verre d'eau.

Des nœuds

Ils s'appelèrent
le soir.

— Donc c'est quoi le titre de ton album ?
— *Nos cadavres d'étoiles.*

Allongée sur le lit
elle jouait
avec une mèche
de ses cheveux
– il y avait un nœud
au bout.

— Qu'est-ce qui est mort ?
— L'enfance – un peu.

Il y eut un silence.
Elle croisait et décroisait les jambes.

— C'est fou, dit-elle
j'ai l'impression
d'être déjà
à la fin de l'adolescence.
Je pensais que
ce serait mieux.

Elle tira sur le nœud.

Un bras en encre

Le dimanche
il écrivait dans son album
– des poèmes il disait.

Elle imagina
l'encre de son stylo

engloutir ses veines
et son bras
– son bras tout chaud et rosé
qui aimait entourer
ses épaules –
son pauvre bras
était devenu noir
– tout noir –
paralysé de mots
désarticulé
comme cette arme
retrouvée à la fin d'un combat.

Maman et bébé ours

L'après-midi
Swann regarda avec maman
un documentaire sur
la fonte de la banquise.

En Antarctique
le ciel était bleu
la glace fondait
comme un esquimau au chocolat
sur une plage d'Espagne
avec
au lieu des cris
des joueurs de volley
ceux des ours
qui s'enlisaient dans l'eau gelée
l'œil noir et muet.

Coincés sur un îlot de glace molle
et mourante
maman ourse
et son ourson encore pataud
serrés l'un contre l'autre.

Sous leurs pattes
un nouveau bloc de glace
sombrait.

Maman ourse
n'hésita pas longtemps
elle poussa son ourson
vers la surface restante
et se laissa basculer dans
l'eau profonde.

Quand elle eut disparu
entièrement
l'ourson demeura
seul
sur la glace
sauvé pour quelques instants.

Swann ne vit pas la suite
une larme coula sur sa joue
et puis bientôt
l'océan Antarctique tout entier
goutta jusqu'à son menton.

Elle chercha un paquet de mouchoirs
sur la table basse

maman passa un bras
autour de ses épaules.

Swann hésita une seconde
se nicha
dans ses bras.

Ils sentaient le thé vert
et les effluves sucrés
d'un parfum trop fort
qui pique les yeux.

Elle s'y enlisa
plus profondément encore.

Bonne nuit

Quand il lui souhaitait bonne nuit
Par sms

bonne nuit

suivi d'un cœur
si elle avait de la chance
elle pouvait dormir
trois heures d'affilée
sans se réveiller
en sursaut.

Le soleil sourit et dégringole

Le grand sourire de la psy
ses dents blanches et carrées
ses jambes croisées
sous sa jupe à pois.

— Bon alors Swann…

Elle parcourait les notes
de la dernière fois
et
avec une fascination étrange
Swann regardait
sa vie déborder
du dossier vert pomme.

La psy leva le visage
vers le sien.

— Comment tu vas
depuis la dernière fois ?

Derrière elle
l'été d'une fenêtre crevassée
de soleil
– et tout ce soleil dégringolait
dans le petit bureau étroit
où Swann avait chaud.

— Ça va très bien.

Et la psy souriait
parce que la boîte de kleenex
posée sur son bureau
lui servait trop souvent.

La fête du village

Vendredi soir
le village se couvrit
d'une odeur limonade
fanions jaune poussin
et grandes tables
en plastique.

Swann et Vadim
rentraient de la bibliothèque
– et Swann marchait
de ce pas léger
qu'ont les robes longues.

— Il y a une fête au village ? fit Vadim.

Elle acquiesça.

— C'est demain.
— On y va ?
— Je sais pas trop…
T'as envie toi ?
— Ben ouais
ça peut être marrant.

— Tu veux pas
qu'on fasse un truc
à deux sinon ?
— Quoi par exemple ?

Les larmes savent gronder

Le samedi soir
Swann peinturlurait ses cils
d'un mascara soin et volume intense
quand la silhouette de maman
se découpa dans le couloir
et flotta
jusqu'à sa chambre.

Elle s'appuya contre le mur
et l'inspecta.

— Je te préfère au naturel.
— Je mets juste du mascara
et du rouge à lèvres.

Maman leva les yeux
au ciel
dans un petit rire
amusé.

— Ma puce…

Swann regardait
ses cils se courber

et s'épaissir
sur le reflet du miroir.

— Tu es sûre que tu veux y aller ? fit maman.
— Pourquoi j'irais pas ?
— D'habitude
tu n'aimes pas le bruit
la foule ce genre de choses…
— Faut que j'accompagne Vadim.
— Mais tu rentres à onze heures
d'accord ?
— C'est tôt onze heures.
— C'est comme ça.

Il y eut un long silence.

— La mère de Vadim le laisse rentrer
à l'heure qu'il veut.
— La mère de Vadim
fait ce qu'elle veut.
— J'ai plus douze ans.

Maman la dévisagea.

— Qu'est-ce qu'il se passe ?

Swann ne répondit pas.

Elle s'aspergea de parfum
une larme coquelicot
culbuta
contre son cou.

— Qu'est-ce qu'il y a ? répéta maman.
— Rien.
— Tu peux me dire
tu sais.
— Y a rien à dire.
— Ça va avec Vadim ?
— Ça passe.

Maman s'approcha d'elle
et passa un bras
autour de l'épaule tremblante.

L'épaule éclata en sanglots.

— Qu'est-ce qu'il se passe ?
murmura maman.
— Rien.

Swann pleura un peu plus
encore.

Maman soupira
un soupir tiède
comme une couverture.

— Oh ma puce…

Swann se força à sourire.

— Je sais pas pourquoi je pleure.
C'est pas grave.

J'ai déjà tellement de chance de
l'avoir rencontré.

Maman caressa ses cheveux
d'un geste rideau de soie.

— Tu sais parfois
on imagine que les gens sont mieux
que ce qu'ils sont vraiment…

À ces mots
les larmes de Swann
se suspendirent.

— C'est pas possible ça.
— Tout le monde a des défauts.
— Oui mais les siens sont pas pareils.

Maman eut un petit rire
tout froncé.

— Qu'est-ce que tu racontes
ma puce ?
— J'aime bien ses défauts.
— C'est parce que
tu ne les vois pas encore.
— Si je les vois.
Je sais qu'il est égocentrique.
— Égocentrique ?
— Oui égocentrique.

Et elle répétait ce mot
en souriant
comme s'il avait été
le plus beau.

— Il pense qu'à son album
qu'à ses petits trucs à lui
il dit qu'il a envie d'accomplir quelque chose
et je sais qu'il voudrait devenir
photographe plus tard
écrivain peut-être aussi
il veut être fier de lui
parce qu'il s'aime beaucoup.

Elle lâcha un petit rire grinçant.

— Au fond il dit qu'il aime écrire
mais écrire
c'est juste coucher ce qu'on est
et lui
je suis sûre qu'il pourrait se coucher
sur des pages entières
du jour jusqu'à la nuit
il pourrait s'aimer
pendant des années entières
sans l'aide de personne.

Son sourire collait à sa bouche
comme du miel
une colère sucrée.

— Mais moi ça ne me dérange pas.

J'aime bien son égocentrisme
je trouve qu'il lui va bien.
Moi si j'étais comme lui
je m'aimerais beaucoup
je pourrais même tomber amoureuse
de moi-même.

Elle s'arrêta
le souffle coupé
des mots tombés
à plat ventre.

Maman la scrutait.

— Swann ?
— Oui ?
— Tu es stressée en ce moment ?

Swann ne répondit pas.

Maman replaça
une mèche
derrière son oreille
– grisonnante la mèche
blanche l'oreille.

— Est-ce que tu refais
des crises d'angoisse ?
— Pourquoi tu parles de ça ?
— J'ai juste besoin de savoir
ma puce.
— Savoir quoi ?

Maman mit un moment
à répondre.

— Tu sais
avec tout ce que tu m'as dit
je me demande si
ce garçon
te fait vraiment du bien…

Swann regarda maman.

— Je vais y aller.

Muret

Elle retrouva Vadim
sur le muret de l'église.
Il discutait avec un groupe de gens
qu'elle connaissait de vue
certains étaient déjà à la fac
et d'autres sortaient du lycée public.

Vadim ne la vit pas arriver
il avait l'air de raconter quelque chose
de très drôle
et tout le monde était plié de rire.

Elle attendit
que les rires s'épuisent
pour s'approcher de lui.

Il mit une bonne seconde
à la remarquer
elle ne savait pas s'il fallait l'embrasser
devant les autres
et ça eut l'air de l'énerver un peu.

Il jeta un baiser rapide
sur ses lèvres froides.

— C'est Swann, dit-il en guise de présentation.

Elle salua timidement
le groupe
resta devant eux
les bras ballants
et puis s'assit
à côté de lui
et très loin en même temps
croulant
sous la musique fade
les silhouettes des vieux messieurs
qui titubaient
dans le marais de la fête.

Un air lourd et gris
pesait sur sa robe
tirait le tissu
et dispersait une odeur aigre
qu'elle épousseta
dans des gestes vains.

Vadim alla chercher des verres.

Il lui demanda
si elle en voulait un.

Elle mit une seconde
à comprendre
qu'il s'adressait à elle
lui dit que non
ça allait.

Il partit avec le groupe.
– Tu veux venir ? demanda-t-il.

Elle resta seule
sur le muret.

Le souffle d'une foule

Un des garçons avait apporté
une bouteille de vodka.

Ce soir-là
elle regarda Vadim
aligner les verres
ses lèvres entrechoquer le plastique
et avec un petit effort
elle imaginait sa langue laper
la vodka brûlante
sa gorge s'enfumer des rires
qu'il crachait
contre le sol
en se tapant les cuisses.

La nuit tomba
lentement.

De toutes les lumières
de la piste de danse
elle ne voyait que le rouge
de ses joues
il montait jusqu'à son front
dans des traînées languissantes
des peintures d'Indien
dont elle ne comprenait pas
le sens.

☆

Elle ne regarda pas sa montre
elle partit
après avoir glissé quelques mots
à Vadim.

Il hocha la tête
et la salua
tout en riant à la blague
de Lola
une fausse blonde
aux lèvres fuchsia.

Swann s'éloigna.

Une dame perchée
sur de hauts talons
la bouscula

sans une excuse
et Swann
emportée par un coude
un dos
un bras
échoua au milieu
d'une marée de silhouettes
enivrées.

Elle s'arrêta
haletante
la poitrine aplatie
les côtes broyées
par le souffle de la foule
ce souffle uniforme
bruyant
qui martelait son corps
avec la force
d'un troupeau de rhinocéros.

Elle respira lentement
se leva sur la pointe des pieds
et se tourna vers le muret.

Vadim discutait avec Lola
et elle se demanda
s'il aurait pu
l'embrasser.

Oubli

Elle retrouva son jardin
endormi
les bégonias repliés
sur les géraniums
l'humidité de la nuit
sur leurs feuilles
comme un filet de salive
sur un menton.

Elle poussa la porte de la maison.

Il était une heure et demie.

Elle s'attendit à une pluie
de pas précipités dans l'escalier
le glissement impatient
des chaussons violets
les questions qui fusent
          inquiètes
ces questions
qu'elle chasserait
d'un geste fatigué de la main.

Elle n'obtint
que du silence.

Tout abasourdie
elle se dirigea vers la cuisine
et alluma l'interrupteur.

L'ampoule vacillait.

Sur la table
un paquet de somnifères
entamé.

Elle se servit un verre.

L'eau coulait de la carafe
à petites gouttes
comme au ralenti.

☆

Elle resta longtemps là
et sa tête tombait toujours un peu plus
par-delà la fenêtre
ses joues d'enfant pesaient
contre les paumes alourdies
de ses mains
s'échouaient sur
les ombres mouvantes
de la nuit
le chuchotement discret
des hortensias
et le temps s'endormait ici
au creux de l'horloge de la cuisine.

Swann s'éveilla
de sa torpeur
vers deux heures
frissonnante

des hordes de cheveux
sur ses épaules
comme des cordes échouées.

Elle se leva
traversa le salon
et chercha
sur la rampe de l'escalier
sa veste.

Ses doigts tâtonnèrent dans le noir
effleurèrent l'interrupteur
la lumière s'alluma.

La veste n'y était pas.

Elle se laissa tomber contre le mur
le regard fixé sur le plafond
comme s'il y figurait
la seule et unique évidence.

Elle avait laissé la veste
sur le muret.

Après avoir pris une longue inspiration
elle saisit son portable
et chercha dans ses contacts
Vadim.

Ils ne parleraient pas.

Ils tairaient
la soirée
la vitre embuée
de silence
ils tairaient
la distance
parce qu'ils ne savaient faire
que ça.

Elle ne l'appela pas
ce fut le bout de son pouce
qui prit l'initiative
ses doigts qui plaquèrent son téléphone
contre son oreille
et attendirent.

Elle tomba sur son répondeur.

Épars et distincts

Sur la place de l'église
Swann grelottait
les cheveux chiffonnés
par l'air de la nuit.

Il était trois heures et demie.

Les gens commençaient à partir
les enfants bâillaient
dans les bras de leurs mères

les poubelles croulaient
sous les cadavres des bouteilles.

Dans le flot
d'un nuage de moustiques
Swann s'approcha
du long muret noir.

Sur les pierres froides
plus de silhouettes attroupées
juste la lueur rouge et incandescente
d'une cigarette solitaire.

Une jeune fille
balançait doucement ses jambes
dans le vide.

Swann la reconnut
elle faisait partie du groupe
de tout à l'heure
mais elle aurait été incapable
de donner son nom.

En voyant arriver Swann,
la fille suspendit sa cigarette
la fumée blanche et lisse
patienta entre l'index et le majeur
et s'évapora
dans des cercles
qui montèrent
jusqu'au ciel.

— Désolée de te déranger… fit Swann.

La fille secoua la tête
dans un léger sourire.

— T'es revenue ?

Swann hocha la tête
en mordant les alentours
de son regard nerveux.

— Pourquoi il y a plus personne ?
— Ils viennent de partir
à la mer.
— Ah bon…

Il y eut un silence.

— Tu voulais quelque chose ? demanda la fille.
— Je cherche juste ma veste
je crois que je l'ai oubliée ici.
— Oui on l'a retrouvée.
Vadim l'a prise avec lui.
— D'accord merci.

Elle tournait les talons
quand la voix de la fille la rattrapa :

— Vous êtes ensemble
avec Vadim ?

Swann se retourna.

Derrière le muret
les feuilles du noisetier
ondulaient.

— Oui, répondit-elle.

Et derrière le muret
toujours les ondulations
ces feuilles qui vibraient
non pas comme une seule ombre
mais des centaines
de mouvements épars.

Une nuit déformée

Comme une de ces assiettes en carton
jetées par terre
Swann se laissa emporter
par la route.

Le trottoir s'effaçait.

Elle ne marchait plus
sur du béton
mais sur des courbes indistinctes
et pensives.

Petit à petit
ses pas s'effacèrent
sur la route

comme finissent par se fondre
les dessins d'enfant à la craie
sur le béton.

Au bout d'un temps indéfini
un rire percuta
ses oreilles
bruyant et déployé
un galet
sur l'eau molle
de ses pensées.

En le reconnaissant
une onde un peu chaude
chatouilla sa poitrine
et comprima ses os.

Elle se retourna.

Il était là
sur le trottoir d'en face
avec tous les autres
et il l'appelait
en riant.

— Hé Swann
qu'est-ce que tu fais là ?

Même sa voix titubait.

Swann vit se tourner
vers elle

une nuée de regards
curieux.

Elle ne répondit pas
Vadim traversa la rue
en courant.

Il lui lança sa veste.

Elle regarda le tissu
se déformer dans l'air
et tomber par terre.

Elle se pencha
pour le ramasser.
Vadim s'approcha d'elle
dans de grands gestes
ballonnés.

— Tu l'avais oubliée, dit-il.
— Je t'ai appelé
pour savoir si tu l'avais trouvée
mais tu répondais pas.

Il éclata de rire.

— Je sais même plus
où j'ai mis mon portable.

Il se jeta dans ses bras
et elle resta pendue à lui

sans bouger
sèche comme une statue de cire.

Derrière lui
le petit groupe
les regardait.

— Viens avec nous… murmura Vadim.

Son haleine puait la vodka.
— J'ai pas envie, dit-elle.
— On va nager tous les deux.
— T'es trop bourré pour nager.
— On n'aura qu'à couler
tous les deux alors.

Elle s'arracha
de son étreinte.

— Arrête.
— Qu'est-ce qu'il y a ?

Elle entrouvrit les lèvres
mais un tremblement interrompit
ses mots.

— Je suis fatiguée
je vais y aller.

Il fronça les sourcils.

Un garçon du groupe l'appela

visiblement impatient
de quitter les lieux.

Vadim se retourna pour lui répondre
et Swann en profita
pour s'éclipser.

Nœud étroit

Elle tacha sa veste
de larmes minuscules
et rougies
des larmes qui redoubleraient
sous son drap
quand cette nuit
se terminerait enfin.

— Swann ?

Elle entendait ses pas
derrière les siens.

— Attends-moi !

Elle marcha plus vite encore.

Ses sandalettes claquaient
contre le bitume
avec de petits bruits affolés.

Vadim la rattrapa

et s'agrippa à son tee-shirt
pour la retenir.

Swann s'immobilisa.

Il la regardait d'un œil
incrédule et absorbé
les gestes suspendus
abandonnés le long du corps.

Il releva la main
comme pour la caresser
mais elle retomba dans
le vide.

— Désolé, murmura-t-il.

Pendant quelques secondes
ils ne parlèrent pas.

— Je suis con
quand je suis bourré, dit-il encore.
— Pourquoi t'es pas parti
avec les autres ?
— J'avais envie de rester
avec toi.
— Je croyais que je te faisais honte.
— Tu parles de ce soir ?
— Est-ce que je te fais honte ?
— Non
bien sûr que non…

Il cherchait ses mots.

— C'est vrai que j'ai pas été très sympa
mais c'est juste que…
Les autres sont super cool
j'aurais bien aimé
que t'essaies de leur parler
que tu t'ouvres un peu…
Il y eut à nouveau un silence
entre eux.

— J'ai du mal avec tout ça, dit-elle.
— Je sais.

Elle le regarda
- ou du moins
essaya.

— Est-ce qu'on est ensemble ?
— On serait quoi sinon ?
— Je sais pas.

Un peu de vent balayait
leurs cheveux.

— J'aurais bien aimé qu'on reste
tous les deux
ce soir, dit-elle.
— On peut pas rester tout le temps
ensemble.

Le regard dans le vide
elle acquiesça.

— Il y a quelque chose
que je veux te dire
mais je sais que t'aimeras pas.
— Qu'est-ce qu'il y a ?
— Si je te le dis
tu peux me promettre
de ne pas répondre ?

Il hocha la tête.

Elle le regarda.

— Je crois que je suis amoureuse
de toi.

Il regardait ses pieds
elle se remit à pleurer.

Sans titre 1

— On peut en parler Swann.
— On n'est pas obligés.
— Mais ce serait peut-être mieux.
— Non.
— Pourquoi ?
— J'ai pas besoin de réponse.
— Non je voulais dire
pourquoi tu m'as dit ça ?

— Je sais pas.
— Si tu sais.
— Parce que
je crois que
j'avais envie
que tu saches
ce que je sais.

Sans titre 2

— Ça me rend triste
quand tu pleures comme ça.
— J'arrive pas à pleurer
dans ma tête.

Trous d'aération

Il lui demanda ce qu'elle voulait faire
et elle dit qu'elle ne savait pas.

— Je rentre chez moi, dit-il.
Tu veux venir ?
— D'accord.

Ils marchèrent dans le noir.

Statues suspendues

Il mit un temps fou
à trouver sa clef
et à ouvrir la serrure
– il disait en riant
qu'il n'était pas très frais.

Sur le paillasson
elle retira ses sandalettes
et lui ses baskets.

Leurs pieds nus
déambulèrent
sur le carrelage froid
autour des meubles du salon
– dans l'obscurité
leurs ombres ressemblaient
aux statues antiques
d'un temps muet.

Vadim tanguait
comme le *Titanic*.

Ils montèrent l'escalier.

Quelques pas mouchetés
sur les marches poussiéreuses
la traversée du couloir
et la dernière porte
tout au fond

la chambre immense
bercée de nuit.

Ils s'assirent sur le lit
l'un en face de l'autre
avec entre eux
un silence
qui s'enflait dans l'estomac
et grinçait sous le vieux bois
de la charpente.

— Il est quelle heure ? demanda Vadim.

Elle alluma
son portable.

— Quatre heures deux.

Il hocha la tête
et regarda
par-delà la fenêtre.

— T'as envie de dormir ? fit-elle.
— Non et toi ?

Elle haussa les épaules.

— Je sais pas
si je vais rester longtemps
finalement.
Je pense pas que ma mère voudrait
que je sois là...

— Et toi t'as envie ?
— Ben
on n'a pas grand-chose à faire
quoi…
— On n'a qu'à parler.
— T'as quelque chose à me dire ?

Il sourit.

— On ne parle pas beaucoup, hein ?
— On n'est peut-être pas très bavards.
— Ou peut-être un peu lâches.

Elle ne répondit pas.

— Parfois
je me dis que je ne connais
presque rien de toi, dit-il.

— C'est plutôt moi
qui ne sais rien sur toi.
— Pourtant
je suis plus bavard.
— Ouais
mais tu parles presque jamais
de toi.

Il parut réfléchir
et finit par hocher la tête.

— D'accord.
Qu'est-ce que tu veux savoir ?

Swann le regardait.

— On ne dirait plus
que t'es bourré, dit-elle.
— Je sais pas pourquoi
je me sens triste.

Il y eut un silence.

Elle lui demanda juste :
— Il est où ton père ?

Rideau de théâtre

— Je veux bien t'expliquer
mais ça va peut-être être un peu long…

Swann hocha doucement
la tête.

— Je sais pas si tu te souviens, reprit-il
mais je t'ai dit une fois
que ma mère aimait la Russie…

Elle acquiesça.

— Et qu'elle avait rencontré
son grand amour
là-bas.
— C'est ça.

— Et tu te souviens
quand je t'ai dit
qu'elle connaissait Hélène
depuis qu'elle était petite ?

Nouvel hochement de tête.

— Elle a vécu ici ?
— Ouais. Quand elle était petite
elle habitait au village
dans la maison qu'on occupe en ce moment.
Et Hélène c'était sa prof de chant.

Swann se rappela
les mélodies que fredonnait
la bibliothécaire
– et ce temps lui parut ancien
poussiéreux.

— Je savais pas qu'Hélène était prof de chant...
— C'est grâce à elle
que ma mère est devenue chanteuse.
Hélène disait qu'elle avait un don.
Elle la faisait même travailler en dehors
de ses cours habituels.

Swann imagina
une petite Éléonore
juchée sur son piano.

— Ma mère a réussi un grand concours, reprit-il.
Et c'est comme ça qu'à quinze ans

elle a quitté la France
pour la Russie.
— Elle voulait devenir chanteuse
là-bas ?
— Elle avait...
des rapports compliqués
avec sa famille.
Elle voulait surtout les quitter
je crois.
— Et en Russie
elle a rencontré ton père ?
— Non pas mon père...
Mais un garçon
dont elle parle encore parfois.
Aleksandre il s'appelait.
Elle ne chantait plus que pour lui.
Quand il l'a quittée
elle a arrêté de chanter.
Elle est repartie en France
à vingt ans
sans le bac.
Elle ne voulait pas dépendre de sa famille
alors elle a cherché des petits boulots...
Et comme ça lui rapportait pas assez
elle a rencontré mon père.
Il était très riche
et très amoureux d'elle.
Disons qu'elle en a profité.

Swann ne sut pas quoi répondre.

— Elle est vite tombée enceinte, reprit-il.

Par accident elle m'a dit.
Et quand j'ai eu un an elle l'a quitté
en m'emportant.
Il avait trop de boulot
pour s'occuper d'un gosse
et elle était trop seule
pour me laisser à lui.
Plus tard elle a trouvé quelqu'un d'autre
avec qui elle a eu Timothée
mais ça n'a pas duré très longtemps.
Ça fait sept ans qu'elle est seule et...
Je crois qu'elle ne veut personne.

Un silence.

— Tu vois toujours ton père ?
— Ouais.
Au début
je devais passer un week-end sur deux
chez lui mais quand j'ai eu six ans
il est parti vivre en Angleterre pour son travail.
Du coup je ne le vois pas de l'année
et l'été je passe un mois là-bas.
J'aime pas y aller.
Il est con...
Si tu savais comme il est con...

Il eut un petit rire
acide comme un citron.

— S'il veut que je vienne le voir
c'est juste parce que je lui rappelle ma mère.

Tu vas trouver ça bête
mais parfois je me dis que...

Il cherchait ses mots.

— Pour lui
je suis juste un souvenir du passé.
Tu sais
comme ces assiettes en porcelaine
qu'on emballe dans du papier bulle
et qu'on ressort une fois par an
en souriant
parce qu'on n'ose pas encore
les jeter.

Swann hésita
posa sa main
sur la sienne.

Du bout du pouce
elle caressa
la peau en colère.

— Dis pas ça.

Il laissa tomber son crâne
un peu plus
contre le mur.

— Cet été
j'ai demandé à ne pas y aller.
De toute façon

j'ai le droit
depuis que je suis majeur.

Il regardait droit devant lui.

— Et puis…
Je voulais rester dans les parages.
Pour ma mère.
Elle ne va pas très bien
en ce moment…
Elle voulait revenir ici
pour retrouver de l'inspiration
pour pouvoir chanter de nouveau mais…
Je sais pas ce qu'elle a.
Elle change tout le temps d'humeur
un jour elle rit pour un rien
et le lendemain elle reste dans son lit à pleurer
toute la journée.
C'est pas quelqu'un de très équilibré
de toute façon.

Swann s'approcha de lui
et caressa sa joue.

Parce qu'il n'y avait
rien à dire
elle déposa sur son visage
des sonates de petits baisers
rouge velours.

Lentement
l'ombre de Vadim

vint s'échouer sur la sienne
sa tête contre les jambes nues
son grand corps recroquevillé
sur lui-même
comme celui d'un enfant.

Swann se pencha
et embrassa le cuir chevelu
en fermant les yeux.

Elle sentit le sourire de Vadim
s'ouvrir contre sa jambe
et se tirer
comme un rideau de théâtre.

Il leva son regard
vers le sien.

— Swann ?
— Oui ?
— Pardon.
— De quoi ?
— De pas avoir fait assez attention
à toi ce soir.

Papillons filandreux

Il resta longtemps
recroquevillé contre elle
et elle à lui caresser les cheveux
du bout des doigts
parce qu'il dormait peut-être
et qu'elle ne voulait pas
risquer de le réveiller.

Elle finit par le sentir bouger.

Son visage remonta un peu plus haut
sur ses cuisses.

— Tu me racontes maintenant ?
— Tu veux pas dormir ?

Il se releva
et s'assit à côté d'elle
dos contre le mur.

— C'est à toi de raconter.
— Mais t'as pas fini
toi…

— Ah bon ?
— Tu m'as pas dit
pourquoi t'avais arrêté le lycée.
— En même temps
il n'y a pas grand-chose à raconter…
— T'aimais pas les cours ?

— J'avais l'impression
qu'on revoyait toujours
les mêmes trucs.
— C'est plutôt vrai.
— Genre le *present perfect,* en anglais...
C'est fou
t'as beau avancer dans les années
on revoit toujours le *present perfect.*
On le revoit comme si on l'avait jamais vu
et... C'est ça le collège le lycée.
C'est comme une boucle.
Tu te réveilles le matin
il est tôt il fait encore tout noir
et tu sais que la journée qui arrive
sera exactement comme celle
de la veille.
Je sais que c'est comme ça
qu'on doit faire avec.
Les gens disent qu'on n'est pas là
pour s'amuser
on est là pour travailler
mais à quoi ça sert de travailler
si t'apprends rien ?

Il y eut un silence.

— C'est toi qui as voulu arrêter le lycée ?
— Non c'est ma mère.
— T'étais en quelle classe ?
— En milieu de première.
— Et elle a décidé ça comme ça
d'un coup ?

— J'avais pas de très bonnes fréquentations
à l'époque...
À un moment, la police est intervenue
dans le groupe parce qu'il y avait des histoires
de drogue et ma mère m'a retiré.
— T'étais dedans ?
— Dans quoi ?
— Dans ces histoires.
— Je vendais pas.

Elle hocha la tête.

— J'en ai jamais pris beaucoup, dit-il.
C'est juste que...
J'ai besoin d'essayer des trucs.

Il leva le visage
la zébrure d'un moustique
sur le plafond.

— Si on n'essaie rien, reprit-il
on s'ennuie
la vie passe
et on s'ennuie encore.

— Si on n'essaie rien
on ne s'inquiète pas
la vie passe
et on s'ennuie en souriant.

Ils sourirent.

La lumière de la nuit
gouttait
du velux.

— Tu me juges ? fit-il.
— Non.
— T'aurais le droit.
J'étais con quand même.

Elle sourit.

— Mais de toute façon, reprit-il
je prends plus rien maintenant
j'ai changé.
Après le lycée j'ai suivi des cours au CNED
et ça m'intéressait beaucoup plus.
J'en ai même pas voulu longtemps
à ma mère.
En fait elle a compris
avant moi
que j'étais pas fait pour le lycée.

Un papillon de nuit cognait
son petit corps filandreux
contre la lampe.

Mots mêlés

Il se pencha vers elle
et caressa sa joue.

— Et toi alors ? fit-il.
— Quoi « moi » ?
— Ben c'est peut-être à ton tour
de me raconter maintenant...
— Je sais pas quoi dire...
— Ben je sais pas...
Tu m'as jamais dit
comment ils étaient
tes parents...
— C'est dur de les résumer
en quelques mots...
— Tu peux toujours essayer.

Elle réfléchit.

— Ma mère...

Elle s'arrêta
dans un petit rire.

— Qu'est-ce qu'il y a ? fit-il.
— Ça fait bizarre de l'appeler « ma mère ».
Je l'appelle jamais comme ça.
— Tu l'appelles comment sinon ?
— Maman.

Il eut un petit sourire.

— Elle est comment
        maman ?
— J'arrive pas à la décrire...
— Tu peux essayer.

— J'ai l'impression
qu'elle est trop de choses
à la fois...
Non j'ai l'impression
qu'elle était trop de choses à la fois
et maintenant
je voudrais qu'elle soit plus rien.

— Pourquoi...
— Pourquoi quoi ?
— Pourquoi elle est
comme elle est ?
— Je pense pas qu'il y ait
juste une seule raison.
Mais elle s'est beaucoup inquiétée
quand j'étais petite.

— Qu'est-ce qui s'est passé ?
— Je suis tombée malade.
J'ai eu une leucémie.
Du coup je suis restée
un moment à l'hôpital.
Pendant ce temps
maman a fait une dépression.
— Et ton père ?
— Dans mes souvenirs
il ne venait jamais.
J'ai appris plus tard
qu'il trompait maman
à cette période.
— Je suis désolé.
— C'était il y a longtemps.

Elle replaça une mèche
derrière son oreille.

— À cause de sa dépression
maman a arrêté de travailler
pendant un an
et elle est jamais redevenue pharmacienne.
Elle a pris un boulot
avec assez de temps
pour s'occuper de moi.
Parfois je me dis que
c'est ma faute.
Que je l'ai fragilisée avec ma maladie.
Et d'autres fois
je me dis que c'est la sienne aussi
si je suis comme je suis.
— Si tu es comme tu es ?
— Tu vois très bien ce que je veux dire.
— Non, je vois pas.
— Je suis…

Elle ne termina pas
sa phrase.

Vadim lui prit la main
et elle regarda toute cette
peau mêlée.

Six heures

Six heures
deux démarches embuées
dans la campagne jaune et froide
tirée du sommeil
par le chant guilleret des oiseaux
six heures
les tiges de blé
qui grattent les jambes cabossées
les bâillements qui meurent
sur les faces trop lisses
le frémissement des paupières
sur le long chemin
les lèvres qui boivent
le silence
à petites gorgées.

Au seuil de la porte
deux corps qui se fondent
s'arrachent.

Sommeil

Dans la chambre
des relents d'écume
un parfum de bleu.

Swann chavira contre son bureau
sa robe bascula sur le parquet

et elle se laissa tomber sur le lit
assaillie
d'une horde de soleil
qu'elle repoussa
jusqu'au sommeil.

Elle rêva
qu'elle sortait du bain.

Elle était nue
et elle n'avait même pas
froid.

Matin fantôme

Elle s'éveilla
vers onze heures
pâteuse
dans sa longue descente
dans l'escalier
– les grimaces du jour
lui hérissaient la peau
et il y avait dans l'air
une odeur écœurante de café.

Maman prenait son petit déjeuner.

Swann s'assit
à côté d'elle.

Elles ne se dirent pas bonjour.

Swann resta assise
se leva
mit une tartine
dans le grille-pain
et attendit qu'elle saute
en regardant la petite aiguille
sur l'horloge ronde.

La tartine sauta
elle se brûla les doigts.

— Tu es rentrée à quelle heure ? demanda maman.

Swann s'assit de nouveau
et beurra la tartine.

— Six heures.
— Tu étais chez Vadim ?
— Oui.
— Pourquoi tu ne me l'as pas dit ?
— Je le savais pas avant.

Maman but son thé
en silence.

Swann la regardait.

— T'as pris un somnifère
pour dormir ?
— Comment tu sais ?

— J'ai vu le paquet
sur la table de la cuisine.
— C'est papa qui voulait.
— Pourquoi ?
— Il m'a dit qu'il fallait
que je te laisse
tranquille.

Douche

Elle rêva.

La douche
les murs carrelés
bleus
le pommeau de douche
rond
les traits tièdes
de l'eau
bleue
coulaient sur ses seins
ronds.

Ils riaient sous le jet brûlant
le savon flottait
ils faisaient des bulles d'enfants
l'amour à la verticale.

Regards effeuillés

Elle pressa la pulpe

laissa couler
le jus
dans sa gorge
et arriva en retard
à la bibliothèque.

Il était assis
sur le bureau
en face de l'ordinateur
occupé à enregistrer des livres.

Elle s'approcha de lui
il se leva.

Ils se nouèrent
l'un à l'autre
comme du lierre.

— T'es en retard, dit-il.
— Je buvais du jus d'orange.
— J'ai jamais entendu
de pire excuse.

Elle rit.

Il effleura de l'index
les gouttes d'eau

qui tombaient de ses cheveux
et la regarda.

— Qu'est-ce qu'il y a ? fit-elle.
— Rien.
— Si
dis-moi.
— Je te trouve jolie
après la douche.
— C'est vrai que d'habitude
j'évite de me laver.
— Tu peux pas répondre merci
à un compliment ?
— Si mais intérieurement.
— Extérieurement
t'es une vraie peste.
— C'est ça.

Sourires
regards effeuillés.

Il se pencha vers elle.

— Tu viens chez moi
après la bibliothèque ?

Feux follets

Sa chambre.

Baisers vertiges

lèvres feux follets
s'aventurent
au coin
d'une épaule
dans l'ombre chaude
d'un cou.

Sous les tissus collants
d'été.

Mèches blondes
et boucles brunes
se renversent
s'éclaboussent.

— On joue à murmurer? fit Swann.
— D'accord.
— Est-ce que j'ai déjà été
dans tes rêves?
— T'as rêvé de moi?
— T'as pas répondu
à ma question.
— Oui j'ai déjà rêvé de toi.
— Moi aussi.
— Et il se passait quoi?
— Toi il se passait quoi?
— Je dis si tu dis.
— Je dirai pas.
— Alors ça restera
secret.

Anniversaire

Il l'accompagna
jusqu'au perron.

Août était jaune
et moite
le lierre étouffait
les murs
de la maison.

— C'est pas samedi
ton anniversaire ? fit-elle.
— Tu te souviens ?
— Tu m'as déjà dit
que c'était le dix août.
— Quand ?
— Un jour.
Il sourit.

— Les gens de la fête du village
m'ont proposé de sortir en ville
samedi soir justement.
— Et t'as dit quoi ?
— Que je viendrai avec toi.

Tu veux bien

Derrière la fenêtre battante
qui donnait sur la cuisine

deux silhouettes penchées
sur l'évier.

Maman rinçait
et Swann essuyait.

— C'est son anniversaire samedi, dit-elle.
— Ah oui ?

Il restait encore un peu
de liquide vaisselle
au fond de la tasse
qu'elle essuyait.

— Il m'a proposé d'aller en ville
le soir.
— Faire quoi ?
— Je sais pas trop.
— Le soir
c'est un peu risqué quand même…
— Il y aura d'autres gens.
— Qui ça ?
— Les gens qu'il y avait ce week-end
à la fête du village.
— Et tu reviens dormir à la maison après ?
— Je sais pas.
— Vous n'en avez pas parlé ?
— Non.
— T'as vraiment envie d'y aller ?
— Oui.
— Ils sont sympas
ces jeunes-là ?

— Je sais pas.
— Tu sais pas ?
— J'ai même pas essayé
de les connaître.

Il y eut un silence.

— Ma puce…
— Tu veux bien ?
— Tu feras attention alors ?
— Oui promis.
— Il ne boit pas trop Vadim ?
— Non pas du tout.

Maman gratta le fond de la casserole
de pâtes semi-complètes.
— Bon
c'est d'accord.

Les jolis poèmes

Swann passa une heure
en tête à tête
avec une page blanche.

Elle pouvait lui écrire
un poème.

On peut faire de jolis poèmes
qui ne ressemblent pas à l'amour

éviter les je t'aime
les mots trop doux
rendre le tout un peu plus piquant
un peu moins sincère.

On peut faire de jolis poèmes
avec des mots tout beaux
coiffés en petits chignons
laque brillante
des alexandrins
parfumés au romarin.

On peut faire de jolis poèmes
quand on ne ressent rien.

☆

Elle s'écroula
sur son lit
croisa les bras
derrière sa tête
une mèche
lui tombait sur les yeux
et elle souffla
soupira
se releva
attrapa une feuille
et écrivit
contre le sol :

C'est rien
dit comme ça

mais ça me fait tout drôle
de penser que

l'année dernière peut-être
le dix août
je m'ennuyais
je m'ennuyais
alors qu'il aurait suffi
que je sache que ce jour était spécial
pour toi
– et peu importe si je ne te connaissais pas
ça n'a aucune espèce d'importance ici –
il aurait fallu que je sache ça
pour tourner les talons
et regarder ma journée.

Gênant

— Ça va être gênant.

Samedi soir
dans le ventre du bus
le sac à dos
qui cahote sur les genoux
les cuisses transpirantes
et collées.

— Pourquoi ? fit-il.
— Je leur ai à peine adressé
la parole à la fête du village.

— Excuse-toi en leur disant
que t'es asociale.
— C'est une excuse ?
— Oui.
Peut-être.
Je sais pas.
— Je suis plus timide
qu'asociale non ?

Il rit
et l'embrassa.

Elle laissa sa tête
s'enfoncer
au creux de son épaule.

Claquant

Les pavés bosselés
s'ébruitaient
sous leurs pas claquants.

Au milieu de la foule
Swann et Vadim s'empressaient
leurs mains nouées
d'une transpiration commune
– et de sa main droite
Swann secouait ses cheveux
tout épouvantés
de chaleur.

Ils arrivèrent en retard
sur la place toute tombée de nuit.

Le groupe était empaqueté
sur quatre rangées
de marches
droites et solides.

Une paire de boucles d'oreilles et un grand squelette

On souhaita bon anniversaire
à Vadim
on fit la bise à Swann
et on rit encore
et encore.

Swann éternua
s'assit sur les marches
dans un bruit de plume.

Les ombres s'effilèrent.

Vadim la rejoignit
accompagné
d'un grand squelette
aux yeux noirs
troués d'éclats de rire.

Swann éternua
de nouveau.

Une paire de boucles d'oreilles
éléphantesques
émergea à sa droite.

— Tu t'appelles Swann c'est ça ? lança-t-elle.
— Comment tu sais ?
— T'étais là
le week-end dernier.

Boucles-d'oreilles
avait un tout petit visage
blond
de grandes mains
de pianiste
et une voix nasillarde
qui rappelait l'école.

Si Swann avait su un jour son nom
elle l'avait oublié.

Elle n'eut pas le temps
de lui demander.

— Tu fais quoi à la rentrée ?
lança Boucles-d'oreilles.
— Je vais en lettres,
répondit Swann.

Boucles-d'oreilles
ouvrit de grands yeux
et se pencha vers le squelette
dans un glapissement aigu.

— T'as entendu ?

Le squelette acquiesça
dans un lent sourire charbonneux
et serra la main de Swann
par-dessus Vadim
– qui avait entamé la conversation
avec les gens de la rangée
plus bas.

— Bienvenue chez les littéraires
pure souche.
— On rentre en L2 de lettres
précisa Boucles-d'oreilles.

Swann sourit.

— Vous aimez bien la fac ?
— C'est tellement cool...
répondit le squelette dans un soupir théâtral.
Mon péché mignon
c'est le cours de littérature grecque.

Boucles-d'oreilles
fronça son joli nez en trompette.

— Faut juste pas l'écouter.
Ce qui est cool à la fac
c'est les gens.

Swann la regarda.

Au bar

Rires
jaune mimosa
sous parasol
de nuit tombée
tombante.

Début d'étoiles.

Il y avait
dans le verre de Swann
un grain de beauté
fendu en deux
une malice d'enfant.

Titanic

La rue tremblante
les lumières trop fortes
qui riaient des verres et des verres
la main de Vadim
s'éloignait
s'approchait
– baisers dans le cou
frissonnants et déplumés
descendaient
sur les clavicules –
et la main s'éloignait
de nouveau.

Ça faisait pouffer Swann.

On n'était plus que quatre
les autres avaient disparu
on les reverrait peut-être
au détour de la nuit
en attendant on se réfugiait
dans le vingt-huit mètres carrés du squelette
logé plein centre.

On parla trop fort
dans le hall verni de silence
et le squelette hurla
qu'il fallait se taire.

Tapage nocturne.

Coincée dans le minuscule ascenseur
Swann regardait le plafond
gondoler comme la mer.

— Vous avez vu… dit-elle en souriant.
Il y a des vagues…

Pendant une seconde
on se regarda
sans comprendre.

Le squelette plongea
tête la première
dans le jeu.
— On est à bord du *Titanic* ! cria-t-il.

L'eau va nous engloutir!

Swann rit.

Il n'avait décidément aucun sang-froid
celui-là
– mais c'était vrai
que l'eau qui commençait
à engloutir l'ascenseur
n'était pas très chaude.

— Un degré cinq je dirais, dit-elle
à la manière de ces chercheurs
en blouse blanche
qui partent six mois au Groenland.

Deuxième étage.

— On va tous crever, déclara Vadim
d'un ton très calme.

Boucles-d'oreilles
implora le ciel
– ou plutôt le plafond de l'ascenseur.

Troisième étage.

Vadim se tourna vers Swann.

— Je te l'ai jamais dit
mais je te trouvais sympa
Swann.

— Et moi je t'appréciais même.

On porta la main au cœur
devant l'amour perdu
on en aurait eu les larmes aux yeux
s'ils n'avaient pas été gelés.

Quatrième étage.

L'eau montait.

— Maintenant, prenez votre respiration, lança Swann.

On se boucha le nez
le squelette ferma même les yeux
parce qu'il détestait les ouvrir
sous l'eau de mer
– ça pique c'est horrible –
et on se serra dans les bras
parce que dans ce genre de moment
il n'y a que ça à faire
(mais ça vous ne pouvez sûrement pas le savoir
vous n'avez jamais risqué la noyade
dans un ascenseur j'en suis certaine).

Cinquième étage.

Les portes s'ouvrirent.

Swann recracha toute l'eau absorbée
et s'accrocha à Vadim

toute trempée.

— Tu me portes ?
J'ai pas la force de nager...
— Si t'insistes...

Deux secondes plus tard
elle était sur son dos
et ils nageaient une brasse abominable
jusqu'à l'appartement du squelette.

Balcon

Les cartes volaient.

Les verres aussi.

Swann ne savait plus distribuer
ce n'était pourtant pas compliqué
on était juste quatre
il fallait séparer le tas en quatre.

Vadim prit la relève
elle s'effondra dans ses bras
en riant.

☆

On sortit sur le balcon
d'abord avec les autres

et puis
juste Vadim et elle.

Il fumait
et elle regarda
le geste de sa main
s'évaporer
dans la nuit.

— Je crois que j'ai reçu
un message de maman
tout à l'heure.

Il sourit.

— T'es pas sûre ?
— J'arrive pas à trop
m'en souvenir...
— Tu serais pas bourrée ?
— Non...
— Un petit peu ?
— Un tout petit peu alors...

Ils rirent.

— C'est marrant, dit-elle
j'aime bien cette sensation...
— Quelle sensation ?
— Ne pas sentir le temps...
— Moi aussi.

Elle regarda le ciel.

Il aspira une nouvelle bouffée
la recracha.

Nuage gris.

— Ça doit être drôle
de laisser le temps flotter
toujours comme ça… dit-elle.

Il sourit.

Elle dit :
— Je me demande
comment ce sera
quand j'arrêterai de prendre
mon médicament…
— C'est contre le stress
c'est ça ?

Elle hocha la tête.

— Et tu sais quand tu vas l'arrêter ?
— La psy a dit que
si je continuais comme ça
je pourrais arrêter le traitement
dans quelques semaines…
Faut juste diminuer petit à petit.
— C'est cool ça.
— Ouais.

Il y eut un silence.

— Et t'as le droit de boire de l'alcool
avec ces trucs ?
— C'est pas conseillé
mais comme je le prends à plus petite dose
en ce moment ça va aller.
— Pourquoi tu m'en as pas parlé avant ?
— Du médicament ?
— Oui.
— Je sais pas
c'est chiant.

Il écrasa sa cigarette consumée
dans le cendrier
de la petite table.

— C'est pas chiant.
Ça fait partie de ta vie.

Elle ne répondit pas.

Il passa son bras
autour de sa taille
et elle laissa tomber
sa tête
contre son épaule.

— Vadim ?
— Oui ?
— J'ai quelque chose à te donner.

Elle chercha dans son sac à main
tomba d'abord

sur son porte-monnaie
puis sur son portable
et enfin la lettre.

Elle la lui tendit.

— C'est trois fois rien.
Et mal écrit en plus.

La lumière de l'intérieur
éclairait suffisamment le papier
pour qu'il puisse lire
la petite écriture recroquevillée
de Swann.

Elle attendit
qu'il finisse
en faisant semblant
de fixer un point
au loin.

Il reposa la lettre
en silence.

Elle crut voir ses yeux
briller.

Métro

Une heure dans la nuit
bourdonnement du métro
elle s'accrocha à la barre
glissa
et chavira
dans ses bras.

On s'assit
sur la banquette toute fripée
en face de la vitre
leurs silhouettes
chaudes et mouvantes.

— Tu veux venir dormir
à la maison ? demanda-t-il.

Elle fit semblant
de lisser sa robe
et d'ajuster ses cheveux.

— Je sais pas
j'hésite tu sais
j'avais prévu
de faire mon album
cette nuit.

Il sourit.

— Tu te fous de ma gueule là ?
— Oui.

— Dans ce cas
je te désinvite.
— Si tu veux.

Elle glissa
sur la place d'à côté
un sourire aux lèvres.

Le métro s'arrêta
deux personnes sortirent.

Il se tourna
vers elle.

— En vrai tu viens ?
— Oui.

Les mains

Ils marchèrent jusque chez Vadim
en silence
juste la respiration des mains
le frottement des cheveux.

Swann mordit
un ongle endormi.

Au bord

Assis au bord du lit de Vadim
le halo orangé
de la lampe de chevet
la fenêtre ouverte
sur la lune.

Chacun regardait l'armoire
d'en face.

Les pieds balancés
s'échouaient sur le vieux parquet
dessinaient des formes
dans la poussière.

— Vadim ?
— Oui ?
— Je voulais te dire...

Elle se tut.

— Qu'est-ce qu'il y a ? fit-il.
— Je sais que tu le sais déjà
mais c'est sûrement mieux de le dire
au cas où...

Il lui prit doucement
la main.

— T'en fais pas...
— Et toi ?

— Moi ?
— Tu l'as déjà fait ?
— Oui.
— T'as eu combien de copines ?
— Pourquoi tu demandes ?
— J'ai juste envie de savoir.
— Je compte celles du collège ou pas ?
— Euh… Ouais ?
— Sept je crois.
— Oublie celles du collège en fait.
— Cinq alors.

La fenêtre s'entrebâilla
au-dessus
du drap bleu.

Elle reste silencieuse.

— Tu sais
on s'en fout, dit-il.
— C'est ce que tout le monde dit
mais personne le pense vraiment.

Il passa un bras
autour de ses épaules
et l'attira vers lui.

— Arrête de râler.
— J'ai le droit de râler.
— Alors râle
mais pas trop longtemps.

Elle rit.

Un silence s'installa.

— On n'est pas obligés de le faire, dit-il.
— J'ai envie mais j'ai peur
que tu me trouves moche.
— Je te trouve très belle.
— Mais tu me connais pas en dessous.
Ou si mais juste en maillot de bain.
— Et alors ?
— Comment on peut savoir
si notre corps est beau ?

Il embrassa son épaule.

Fleuve amazonien

Les habits tombèrent
sur le vieux parquet
lourds et patauds
robe rouge cerise
et tee-shirt bleu ciel
couchés l'un sur l'autre
ronronnant de plaisir.

Il était penché au-dessus d'elle
elle tendit la main
vers lui.

Ses doigts

pleins de fourmis
rencontrèrent son corps
nu
le caressèrent
avec un frisson dans la voix
une rougeur dans le geste
pétrifié
sous le nombril de Vadim
dans la descente abrupte
d'une lignée
de poils bruns
la très certaine cascade
d'un fleuve amazonien.

Swann sentit
une vague
lécher son pied gauche.

Elle tourna la tête.

De l'autre côté de la pièce
la lumière bleue
d'une tombée de fenêtre
creusait la cavité d'un bain.

Deux silhouettes s'y ébattaient.

Leurs corps montaient
et descendaient
dans un rythme lent
assoiffé
projetant de très hautes vagues

et des nuées de savon
des gémissements parfumés
à l'amande
qui s'étalaient sur le plafond.

L'eau montait.

Les romans
entassés sous la table de chevet
s'écornaient.

Le lit se décrocha du sol
et se mit à flotter.

Une cascade

Au-dessus d'une lune très claire
du gondolement de l'eau
les doigts de Swann glissèrent
gouttèrent
un sourire vertige
son sexe chaud.

Le matelas dodelinant
se gorgea d'eau
les jambes s'étouffèrent
le lit bascula
Swann et Vadim
tombèrent à la renverse
l'un contre l'autre.

Vadim embrassa les clavicules
et descendit
étala des lèvres et des lèvres
sur un ventre baiser
une couverture de seins battants.

Les corps se soulevèrent
s'ébrouèrent

éboulement.

La lessive des corps

En même temps
que le lit
la fatigue remonta
doucement.

On laissa sécher les deux corps
sur le sable bleu
des draps.

Lever

Le matin tira
un grand trait de lumière
sur le lit.

Swann se tourna vers Vadim
il dormait encore
la bouche entrouverte
dans une petite fente humide
les cheveux embrumés
sur l'oreiller.

Elle écouta son souffle
et se surprit
à trembler.

☆

Quelques minutes plus tard
il ouvrit les yeux
et la découvrit au bord
de ses bras.

Il sourit.

— Swann…

Elle se blottit contre lui.

Ils restèrent étendus
en silence

leurs mains se touchaient
et s'allongeaient.

Thé brûlant

On prit le petit déjeuner
à l'ombre des pêchers
de thé à la menthe
petites gorgées arrosées de miel
croissants frais
et confiture de framboises
– les petits grains
se faufilaient entre les dents
et coloraient l'émail tout blanc.

Vadim alla chercher du jus d'orange
il embrassa Swann dans le cou
en revenant.

— Tu veux faire quoi aujourd'hui ?

— Je sais pas
j'ai pas envie de rentrer chez moi
en tout cas.

Il sourit.

— On pourrait aller se baigner au lac
non ?
— Tu te souviens de la dernière fois ?

— C'était gênant.
— Horrible.
— Horriblement gênant.
— Il faut créer un nouveau lac.
— Un troisième lac.

Ils sourirent
avalèrent leur thé
dans de longs traits brûlants.

Soudain
on entendit les échos
d'une toux rauque
interminable
qui venait de l'intérieur.

— J'y vais, dit-il.

Le chant

Perché dans les branches
un oiseau chantait
Swann remuait sa cuillère
dans sa tasse.

Elle finit par se lever
et s'approcha de la maison.

La porte d'entrée était grande
ouverte.

À l'intérieur
la longue silhouette d'Éléonore
pliée en deux
Vadim à ses côtés.

La longue silhouette crachait du sang.

Vent d'août

Ils ne retournèrent pas au lac.

Swann rentra chez elle
la femme de ménage était revenue de vacances
elle passait l'aspirateur dans le salon.

Il y avait un grand vent
les feuilles du cerisier
collaient aux vitres.

Questions aspirateur

Au-dessus des bruits d'ascenseur
maman préparait
une tarte aux cerises
– des cerises noires et bombées
avec un éclat brillant sur le dessus.

— C'était bien ma puce ?

— Oui c'était bien.
— Vous êtes rentrés tard ?
— Assez.
— Quelle heure ?
— Je sais plus...

Maman étendit
une longue traînée de farine blanche
sur le plan de travail.

— Qu'est-ce qu'il se passe ?
— De quoi ?
— J'ai plus le droit de te poser des questions ?
— Non c'est pas ça...
— C'est quoi alors ?

Swann ne répondit pas.

Maman sortit la pâte brisée
du troisième étage du frigo.

— Il faut que je te parle de quelque chose...
J'ai hésité le week-end dernier déjà...
— Qu'est-ce qu'il y a ?
— Je sais que c'est embarrassant
mais c'est mon rôle de mère tu comprends...
Et puis quelque part
je me dis que c'est bête d'être gênées...
C'est naturel après tout...
Tu sais Swann...
Je ne m'attendais pas à ce que ça aille aussi vite mais...

Je comprends tu sais…

Il y eut un silence.

— Swann ?
— Oui ?
— Je suis contente que tu aies rencontré quelqu'un.

Maman

Au déjeuner
Swann regarda maman.

Ses cheveux blonds
de tête-à-coiffer
coupés dans un carré long
son petit nez relevé à la pointe
ses lèvres crispées
toujours un peu craquelées
la chaleur
l'inquiétude
on ne savait pas trop
les yeux bleu-gris de maman
très ouverts et un peu rapprochés
ses longs cils qui tremblaient
ses sourcils arqués
dans un étonnement constant
son teint blanc et lisse

ses petites oreilles potelées d'enfant.

SMS

Swann retrouva la chambre
bleue
bleu le plafond
ciel et plafond
humeurs ciel et plafond
bleus.

Elle lui envoya un message :

Comment elle va ?

Elle but
cinq gorgées d'eau
et attendit.

Au téléphone

Le lendemain
elle essaya de l'appeler.

Il décrocha
à la troisième sonnerie.

— Allô ?
— Salut Vadim.
— Salut.
— Ça va ?
— Ouais ouais ça va.

— Et elle ?
— Ouais ouais
enfin c'est un peu…

Swann attendit des explications
mais rien ne vint.

— Vadim ça va ?

Elle s'assit sur son lit
et attendit de nouveau.

— Tu sais Swann…
— Qu'est-ce qu'il y a ?
— J'ai vu un hérisson
dans le jardin ce matin.
Il était cinq heures peut-être
et je suis resté couché dans l'herbe
à le regarder
pendant au moins une heure.
— Tu dormais pas ?
— Non…
— Il était mignon ?
— Très mignon.
Et puis
le petit matin
était très beau aussi.

— Vadim ?
— Oui ?
— Elle a fait des tests ?
— Oui.

— Qu'est-ce qu'elle a ?
— Un cancer des poumons.

Ciel papillon de nuit

Avant de dormir
Swann alla remplir
sa gourde à la salle de bains.

La fenêtre était ouverte
sur un ciel papillon de nuit
très clair
et criblé d'étoiles.

Elle retourna dans le couloir.

Fin d'une forêt

Le lendemain
ils retournèrent au lac désert.

Leurs mains se nouèrent
au creux
des arbres rouillés.

— T'as vu comme c'est joli, dit-elle
la lumière qui tombe…

Il sourit de loin.

— Oui c'est joli...
— Vadim...
— Oui ?
— Mon cœur...

Il eut un petit rire.

— Tu m'appelles comme ça
maintenant ?
— T'aimes pas ?
— Si j'aime bien...

La terre craquait
sous leurs pieds.

Lac III

Éruption dans l'eau glacée
jambes entortillées
lèvres lourdes.

Vadim dégrafa le soutien-gorge
de Swann.

Ils s'embrassèrent.

Quand tout retomba
dans le calme

des serviettes étalées
et de la crème solaire
elle se tourna vers lui
sans bruit.

Pluie d'été

Le lendemain
elle l'attendit
devant la bibliothèque
les yeux rivés
sur l'horloge de l'église.

Il se mit à pleuvoir.

Elle sortit le double de clef
qu'il lui avait donné
et entra.

Au téléphone

Le soir
il l'appela.

Elle bondit
en voyant son nom
sur l'écran réveillé.

— Allô ?
— Salut Swann...

Elle s'assit sur son lit.

Il n'était pas venu
de la journée.

— Vadim...
— Ça a été à la bibliothèque ?
— Qu'est-ce qui s'est passé ?
— Je suis resté m'occuper
de ma mère.
— Ça a été ?
— Je t'ai même pas envoyé
de message...
— C'est rien...

— Je voulais t'appeler
mais j'ai pas eu le temps.
Et puis après j'ai oublié.
Désolé...
— C'est pas grave...

Il ne répondit pas.

— Et sinon ça va ? fit-elle.
— Oui ça va.
— Vous avez fait quoi ?
— On a regardé
Autant en emporte le vent ce matin
et *Danse avec les loups* cet aprèm.

On a pleuré les deux fois.
Et ce soir
elle a joué Yann Tiersen au piano.
— Quel morceau ?
— *Le Matin*.
— Je l'adore.
— Moi aussi.

Elle sourit.

— Vadim…
— Oui ?
— Tu fais quoi demain ?

Il y eut un silence.

— Enfin
je dis pas ça
pour que tu reviennes hein…
Je demande ça juste comme ça
pour savoir…

Elle se demanda
s'il était toujours en ligne.

— Allô ?
— Je sais pas si je reviens, dit-il.
Je crois qu'elle a besoin de moi ici…
— Oui oui c'est normal…
— Ça t'embête pas trop ?
— Mais non t'en fais pas…
C'est elle le plus important…

— Merci…

Un silence passa.

— Bon je vais te laisser… dit-il.
— Ok.
— Bonne nuit.

Elle se pencha à la fenêtre
la nuit tombait.

Lauriers

Le lendemain
Swann surveilla
la bibliothèque.

Le midi
elle retourna chez elle
et se fit des pâtes.

Elle passa la soirée
dans le rose des lauriers
les yeux plissés de chaleur
sous d'épaisses lunettes de soleil.

Entrevue

Le lendemain
elle lui demanda
si elle pouvait passer le voir.

Il dit oui.

Elle resta
sur le pas de la porte.

— Comment elle va ?
— Elle a pas mangé ce midi
et là elle dort.

Pendant un instant
elle ne dit rien.

— Vadim ?
— Oui ?

— Si à un moment
tu veux venir dormir à la maison
te changer un peu les idées…
Ou si tu veux qu'on fasse quelque chose
avec Timothée aussi…

Il y eut un silence.

— Je sais pas trop…
J'aimerais bien c'est sûr

mais j'aime pas trop la laisser
toute seule...
— Oui je comprends...
— Peut-être ce week-end...
Je te redirai.

Dernier vendredi

Vendredi soir
c'était le dernier jour d'ouverture
de la bibliothèque.

Après elle fermerait
et ne rouvrirait
que pour accueillir
une ribambelle de bambins baveux
et leur maîtresse éreintée
à la rentrée.

Swann ferma la porte.

Vacances

Il ne vint pas le week-end suivant.

Papa et maman
étaient enfin en vacances
pour deux longues semaines
(ils prenaient toujours leurs vacances
fin août).

Maman aurait voulu partir
en Martinique.

On alla à la plage
à quelques kilomètres d'ici.

Bonne nuit

Une nuit
qu'elle ne trouvait pas le sommeil
Swann sortit de sa chambre
et
sur la pointe des pieds
elle descendit l'escalier.

Son ombre
chemise de nuit
filait sur le mur.

Elle passa devant le salon
la porte était entrouverte
sur l'écran de télévision phosphorescent
un vieux western
des voix moustachues
des balles fusées.

Les silhouettes
de papa et maman
étaient enfoncées
dans le canapé.

Orange comme la soupe

Il vint dormir
le samedi soir.

Maman avait préparé
une soupe de melon glacé à la coriandre
des samossas au curry
et des acras végétariens.

Papa était rentré plus tôt
de son cabinet.

Ils dînèrent tous les quatre
sur la petite table en bois
sous le cerisier.

— Tu veux un peu de sel au piment d'Espelette
dans ta soupe Vadim ?

Les cils de maman papillonnaient
d'un mascara collant.

Vadim sourit.

— Pourquoi pas ?
— Et je te découpe
une tranche de pain de seigle ?
— Ça va aller merci.

Papa ne parlait pas.

Swann non plus.

Maman saupoudra
une pincée de piment d'Espelette
au-dessus de la soupe veloutée
de Vadim.

— Alors tu es en école de photographie
c'est ça ? lança-t-elle.
Ça te plaît ?
— Oui beaucoup.
— Qu'est-ce que tu as
comme cours ?
— Alors j'ai des cours assez généraux
comme l'histoire de la photographie
et l'histoire de l'art en général...
Mais j'ai aussi des cours plus techniques
avec des logiciels par exemple...
— Et vous travaillez sur quels...

Elle fut coupée
par le grand éclat de rire
de papa.

— Mais tu vas arrêter de l'embêter
avec tes questions
sur les cours ?
— Ça ne m'embête pas... dit Vadim.

Papa se tourna vers lui.

— Alors Vadim

à part la photo
c'est quoi tes passions ?
— J'aime beaucoup lire et écrire aussi...
— Et tu suis le foot
un peu ?
— Pas du tout.
— Et le rugby ?
Le tennis peut-être ?
— Non...
Le sport ça m'ennuie.
— Ah ? C'est marrant ça...

Vadim but son verre d'eau.

— Enfin tu verras
tu finiras par changer d'avis, fit papa.
— Ah oui ?
— À ton âge même sans faire de sport
on grossit pas
mais à quarante ans passés
tu verras c'est une autre affaire...

Il eut un rire un peu gras.

Vadim sourit.

Ils aspirèrent leur soupe
en silence.

— C'est pas trop pimenté ? demanda maman à Vadim.
— Non c'est vraiment super bon.

— Tant mieux alors.

Swann regardait Vadim
du coin de l'œil
Vadim regardait Swann
elle portait une robe orange
comme la soupe
maman regardait Vadim
qui regardait Swann.

☆

Après le tiramisu
papa s'alluma une cigarette.

— Bon et sinon
vous restez jusqu'à quand avec ta famille ? demanda-t-il à Vadim.
— Je sais pas trop…

La braise rougeoyait
dans ce qui commençait à ressembler
à la nuit.

— L'été file c'est fou…

Vingt-quatre août

Ils montèrent dans la chambre
de Swann.

Vadim regarda
la pile de romans sur la table de chevet
les robes colorées
qui s'étalaient dans la penderie
les draps froissés.

Ils s'assirent sur le lit.

— J'avais pas envie
qu'on mange tous ensemble, dit-elle.
— Ça a été.
— Bof…
— Ta mère est gentille.
— Et mon père ?
— Ben je sais pas trop…
J'ai surtout compris
qu'il aimait le foot.
— Et moins les garçons
qui n'aiment pas le foot.

Ils rirent.

La tête de Swann tomba
contre l'épaule de Vadim.

— Tu m'as manqué.
— Toi aussi.
— On est le vingt-quatre août.
— Je sais.

La tête tombait
un peu plus.

La nuit aussi.

— Swann ?
— Oui ?
— Tu sais
à la fête du village...
— Quoi ?
— Tu m'avais dit que...
Enfin tu te souviens
quand on n'était plus
que tous les deux
dans la rue...
— Pourquoi tu reparles de ça ?
— Je sais pas
je viens d'y penser tout à coup...
Tu t'en souviens ?

Elle ne répondit pas.

— Tu t'en souviens ?
— Oui.
— Tu m'avais dit
de pas te répondre.
— Parce que je savais
ce que tu aurais répondu.
— On était ensemble
depuis trois semaines.
— Un peu plus.
— C'était tôt.
— Désolée.
— C'est rien
je t'explique juste...

Elle resta un moment
silencieuse.

— Je crois que je préférerais être un robot.
— Arrête...
— Ou alors un personnage de film.
Dans les films les héros ont toujours besoin
de coucher trente-sept fois ensemble
avant de tomber amoureux.

Il sourit.

— C'est plutôt le contraire.
Il y a toujours des coups de foudre
dans les films.
— Ça c'est dans les mauvais films.
— Peut-être.
— Il faudrait que je joue
dans un mauvais film alors.
— Tu survivrais pas.

Ils rirent.

Un peu du melon de la soupe
tombait de la fenêtre.

— J'ai l'impression que
c'était il y a longtemps
la fête du village, dit-il.
— Pas si longtemps.

Il lui prit la main.

— J'ai envie de te répondre
maintenant.

Déboutonner l'amour

Quand les parents allèrent se coucher
ils ouvrirent les fermetures
écartelèrent les boutons
jetèrent les tissus
et se turent.

Il lui redit je t'aime.

Départ

Le lendemain matin
elle le regarda
faire son sac.

Il était onze heures
il repartait déjà.

☆

— Il a l'air gentil comme tout, dit maman quand sa silhouette
se fut éloignée.

La porte claqua.

Swann monta très vite
dans sa chambre.

La taille

— Il mesure combien Vadim ?

Le midi
ils mangeaient tous les trois.

— Je sais pas exactement, dit Swann.

Papa s'arrêta de manger
pensif.

— Il est pas si grand que ça...
— J'ai jamais dit
qu'il était très grand...
— Il doit faire au moins cinq centimètres
de moins que moi
ça c'est sûr...
— Et ça fait quoi ?
— Je demande juste.
— Non tu demandes pas juste.
Tu connais même pas ma taille
et par contre
tu demandes celle de Vadim.
— Et alors ?
— Ça t'embête que maman soit petite ?
— Pourquoi tu demandes ça ?
— Parce que tu aimes bien les filles petites

tu trouves ça *féminin.*
Mais par contre
pour toi
les garçons qui ne mesurent pas
un mètre quatre-vingts
c'est pas des vrais garçons.
— T'as vu comment tu parles Swann ?

Maman coupait son steak végétal
en petits morceaux.

— C'est pas faux, dit-elle.
— Quoi ? fit papa.

Elle rougit.

— Qu'est-ce qu'il y a ? répéta-t-il.
— Tu as peut-être des stéréotypes
sur les sexes.
— Tout le monde en a.
— Oui moi aussi j'en ai sûrement, dit-elle.
Mais il faut vivre avec son temps
et essayer de changer ça.

Papa eut un petit rire
moqueur.

— Toi aussi
tu t'y mets maintenant...

Maman but son verre d'eau.

Lundi

Les heures sales du matin
dix heures
tremplin de rêves
violets et rompus
pétris et orangés.

Des Vadim partout
comme une flopée de lapins
cachés
au coin d'une dune
au fond de l'eau.

Yeux verts
mauvaises herbes.

Swann assise au milieu
de la grande plage
survolée des rires aigus
des mouettes.

Comme un couvercle
Au-dessus de sa tête.

Une algue chaude
sortit de la mer
s'avança vers elle
la regarda.

Yeux verts
mauvaises herbes.

Il la déshabilla.

Firent l'amour
sur le sable
au goût
de matelas.

Elle ferma les yeux
il s'enfonça.

Disparut.

Vide

Tirée des rêves
mauvaises herbes.

Yeux ouverts.

Douceur au bas-ventre
et vide grand
comme lui.

Yeux refermés.

Sur son lit
un rayon de lumière
jaune écrevisse.

Linge propre

Un peu plus tard
maman frappa à la porte de Swann
et entra
une pile de linge propre
à la main.

— Ta robe vert d'eau
est encore dans la machine…
Elle sera prête demain normalement.
— Ok.

Maman commença à ranger
les vêtements.

— Je peux le faire… dit Swann.
— Ça ne me dérange pas.

Elle accrocha
la robe orange melon de Swann
à un cintre.

— Il est vraiment très agréable Vadim.
— Oui.
— Et il est mignon.
Il a de beaux yeux.
— Oui.

— Swann ?
— Quoi ?
— Tu pleures ?

Salle de bains

Le soir
Swann se brossait les dents
dans la salle de bains
quand papa arriva.

Elle allumait toujours la lumière
qui éclairait le lavabo.

Papa l'éteignit
et alluma celle
qui éclairait la pièce entière.

Nos cadavres d'étoiles

Elle passa chez lui lundi.

Il était seize heures
Éléonore dormait depuis
bientôt trois heures.

Ils entrèrent dans la chambre de Vadim.

Sur le parquet
il n'y avait plus de photos
plus de feuilles chiffonnées
plus de romans empilés.

Juste quelques tee-shirts
roulés en boule.

— Qu'est-ce qui s'est passé ? fit-elle.
— Qu'est-ce qu'il y a ?
— C'est presque rangé.

— Tu ne fais plus de photos ?
— J'ai fini.
— T'as fini ton album ?
— Ouais.
— Elle est comment la fin ?
— Comment ?
— Je veux dire
elle correspond
à ce que tu avais imaginé ?
— Non pas trop…
— Et tu l'aimes bien ?

Il haussa les épaules.

Sous le cerisier

— À la fac
tu voudras prendre tes cours à la main
ou sur l'ordi ?

Swann et maman
dînaient sous le cerisier.

— Je sais pas trop, dit Swann.
— On est déjà le vingt-huit…
Il faudra bientôt aller

faire les courses de rentrée
quand même…

Maman arrosa ses tomates
d'une goutte d'huile d'olive.

— Et avant la fin des vacances
j'aimerais bien qu'on fasse
une petite sortie
tous les trois avec papa…
Qu'on aille un peu sur une île
près de la côte
je sais pas…

Swann étala sur son assiette
deux tranches de coppa.

— T'as pas envie ? fit maman.
— Je sais pas.
— Tu voudrais que Vadim vienne ?
— Je sais pas
si c'est une bonne idée.
— Pourquoi ?
— Ben y aura papa.

Maman eut un petit rire.

— Qu'est-ce qu'il y a ? fit Swann.
— On va pas virer papa
quand même…
— Il était chiant avec Vadim
l'autre jour.

— Disons qu'il est pas très ouvert...
— Il comprend jamais rien.
— Il est comme ça ma puce...
— Pourquoi vous restez ensemble
tous les deux alors ?

Maman regarda Swann.

— Tu voudrais qu'on divorce ?
— Je sais pas.
Pourquoi vous divorcez pas ?
— C'est compliqué...
— Qu'est-ce qui est compliqué ?
— Les relations humaines
en général...
— C'est pas compliqué.
Vous ne vous entendez pas
c'est tout.
— On s'entendait bien avant.

— Vous vous êtes rencontrés quand déjà ?
— En médecine.
— Comment vous vous êtes parlé ?
— On était dans la même promo.
Je l'avais repéré parce que je trouvais
qu'il avait un air pas comme les autres.
Une fois je suis allée le voir.
— Tu lui as dit quoi ?
— Que j'aimais bien ses chaussures.
— C'était vrai ?
— Non elles étaient hideuses.
C'étaient des mocassins.

Mais au moins comme ça
on a parlé un peu.

Swann sourit.

— Et la fois suivante, continua maman
je me suis mise à côté de lui
et j'ai fait comme si
je n'avais rien compris au cours
pour qu'il vienne me l'expliquer
à la bibliothèque.
— Vous y êtes allés ?
— Non on est allés prendre un café.

Elle souriait toujours.

— On est restés quatre heures au moins.
Et quand on est rentrés chacun chez soi
il m'a téléphoné.
Il avait cherché mon numéro
dans l'annuaire.
J'étais tellement contente…
On avait à peine raccroché
que j'ai appelé ma meilleure amie
pour tout lui raconter.

— Tu lui parlais souvent de papa ?
— Tout le temps.
Elle en avait marre
à la fin.

Swann remua sa fourchette.

— C'était comment
quand je suis née ?
— Comment ça ?
— Ça allait entre vous ?

Maman soupira.

— Qu'est-ce qu'il y a ? fit Swann.
— T'as vraiment envie de parler de ça
ma puce ?
— Pourquoi ?
— Je sais pas
c'est compliqué
et puis
c'est vieux aussi…
— Qu'est-ce qui est compliqué ?
— Tout.
— Maman…

— Papa n'avait pas trop envie
d'avoir un enfant
en fait.
— Pourquoi ?
— Je sais pas.
C'était pas son truc.
— Et il a fini par changer d'avis ?
— Pas vraiment.

— Et toi
tu voulais un enfant ?
— Oui très fort.
— Mais lui

il voulait pas.

Maman ne répondit pas.

Elle coupait ses tomates.

L'abri

Le lendemain après-midi
il l'appela.

Éléonore passait Barbara en boucle
à la maison
ça pleuvait des aigles noirs
et des plus belles histoires d'amour.

On emmena Timothée en forêt.

Aux branches noires et froides
d'un tronc déjà vieillard
on suspendit un drap.

On s'abrita dessous.

Psy

— Et qu'est-ce que tu as ressenti
à ce moment-là ?

La psy croisait les mains
sur ses genoux
Swann regardait derrière elle.

— Quand maman a dit
que papa voulait pas d'enfant ?
— Oui.
— Ben...
Je sais pas trop.
— Tu t'es sentie triste ?
— J'aurais dû me sentir triste ?
— On ne *doit* pas ressentir Swann.
On ressent ou on ne ressent pas
c'est tout.
— Alors je crois que
je me suis sentie un peu
en colère.

La psy griffonna quelque chose
dans le dossier.

— Et vers qui était tournée
cette colère ?
— Justement je sais pas.
Peut-être contre ma mère.
Ou mon père.
Et moi aussi.

J'y suis pour rien
mais c'est quand même ma faute
si mes parents ne s'aiment plus.
— Tu le dis de toi-même Swann
tu n'y es pour rien.

Swann haussa les épaules.

— Cette histoire appartient à tes parents, reprit la psy.
Cette conversation avec ta mère
t'a peut-être donné l'illusion d'y être intérieure
mais non tu es bel et bien *extérieure* à cette histoire.
Et cette histoire
ta mère t'en a seulement donné un aperçu.
Une relation entre deux personnes
notamment amoureuse
est complexe et la plupart du temps
elle ne repose pas sur un seul événement
si important soit-il.

Swann acquiesça.

— Néanmoins
elle peut aider à comprendre
le contexte familial dans lequel on vit.
Est-ce que tu penses que ça a pu t'aider
d'apprendre l'histoire de ta naissance ?

Swann réfléchit.

— Je sais pas vraiment.

Peut-être.
— En tout cas
tu dois savoir qu'un récit de famille
n'est pas anodin
on y cherche sa place.
Si la tienne te paraît douloureuse
tu devrais en reparler avec ta maman
et expliquer ton ressenti.
— D'accord.

Un silence passa.

La psy feuilletait le dossier vert pomme de Swann.
— Tu me parles beaucoup de ta maman,
depuis quelques mois.
— Oui c'est vrai…
— Tu t'interroges beaucoup à son sujet
sur votre relation
celle qu'elle entretient avec ton père…
— Avant
je le faisais moins.
— Exactement.
— Vous savez pourquoi j'en parle autant ?
— Qu'est-ce que tu en penses ?
— Je sais pas.
— Alors
réfléchis-y un peu.

Chemise de nuit

Une chemise de nuit
se déroba
dans la chaleur d'une chambre
infestée de moustiques.

Il était minuit
la fenêtre était grande ouverte
et Swann restait allongée
dans le noir.

La chemise de nuit glissait.

Elle tomba par terre
il faisait trop chaud.

Une femme s'endormit
sur le parquet.

Cabine d'essayage

Elle retourna en ville avec Vadim.

Cabine d'essayage
Swann dans
le miroir filiforme.

— Tu le trouves bien
ce tee-shirt ?

— Oui il te va très bien.
— Il est un peu court non ?
— Ça me choque pas.

Elle regarda
dans le miroir
sa poitrine toute gonflée
sous le tissu moulant
la virgule
d'un nombril dévoilé.

Inattendue

Ils rentrèrent chez elle
se renversèrent sur le lit
et laissèrent couler
sur l'un et l'autre
des mains et des mains.

Ils finirent par s'étendre
comme des lézards au soleil
et regarder le plafond.

— À la rentrée
je veux rencontrer des gens
à qui te raconter, dit-elle.
— J'ai toujours trouvé insupportables
les gens qui parlent de leur vie sentimentale
dans les moindres détails.
— Mais moi

je ne raconterai que les jolis détails.
— Les jolis détails ?
— Les petits détails qui font que
tu es toi.

Il sourit.

— Je crois que j'aurais du mal à te décrire.
— Je suis une personne trop complexe
c'est ça ?

Ils rirent.

— Tu es inattendue.
— J'aime bien ce mot.

Ils le murmurèrent
se blottirent un peu plus
l'un contre l'autre.

— Vadim ?
— Pourquoi tu chuchotes ?
— Je peux te dire quelque chose
d'un peu secret ?
— Oui.
— Je crois que ma psy a dit
que je devenais une femme
mais je suis pas sûre.
— Et tu aimes bien ça ?
— Je sais pas trop ce que ça veut dire.
— Et ça te fait peur ?
— Plus trop je crois.

Dans l'amour

Il resta dormir chez elle.

Ils regardèrent un film
dans la chambre de Swann.

Dans le noir
l'ordinateur chauffait les jambes
la lumière bleue
brûlait les yeux.

À la fin du film
on referma l'ordinateur
dans un claquement
et on se laissa tomber
l'un sur l'autre
l'ombre de Vadim
s'agrippa à la sienne
se coucha sur elle
comme une montagne.

Le ciel tonnait
de moustiques et de papillons de nuit titubants
l'amour gémi haleté soupiré
au creux du cou des cuisses au fond de
la bouche
on s'épuisa dans un craquellement
de cheveux embrouillés.

Quand l'amour fut terminé
avalé

juste un doux flottement
sur l'estomac
on regarda par-delà
la fenêtre.

Il y eut un long silence.

— On aurait pu s'en douter quand même, dit-il.
— De quoi ?

Il regardait
toujours au-delà.

— Elle fumait beaucoup avant.
Elle a commencé
quand elle a arrêté de chanter.
Et là ça faisait un moment
qu'elle toussait.

Elle caressa ses cheveux
le serra contre elle.

Ils restèrent là.

Lumière violine

Il partit assez tôt
le lendemain.

Swann alla mettre

ses nouveaux vêtements
à la machine.

Elle croisa maman
au détour du couloir.

Maman ne vit pas
les nouveaux vêtements
– ou alors elle les vit
mais ne les regarda pas.

— Ma puce ?
— Oui ?
— Je peux venir te parler deux minutes
dans ta chambre après ?
— Ok.

Swann se rendit à la salle de bains
déplia un accordéon
de tee-shirts et de pantalons
au-dessus du linge sale
et rejoignit maman
qui l'attendait
assise au bord du lit.

— C'était bien avec Vadim hier soir ?
— Oui c'était bien.

Maman ramassa un cheveu
qui serpentait
sur le parquet
et le jeta à la poubelle.

— Je voulais juste te dire que…
Je suis désolée pour l'autre jour.
— Quand tu m'as parlé de papa ?
— Je sais pas si j'aurais dû te dire ça.
— C'est moi qui ai insisté.
— J'ai pas envie que ça te rende triste.
— Ça ne me rend pas triste.
— C'est vrai ?
— De toute façon
je suis là maintenant.

Maman sourit.

Une lumière violine
tombait de la fenêtre.

— Il est compliqué cet été… dit-elle.
— Avec papa ?
— Pas qu'avec papa.
— Entre nous deux ?
— Un peu.
— Je sais que j'ai été chiante.
— Parce que tu trouves
que j'ai toujours été cool moi ?
— C'est mieux en ce moment.

Maman croisa
et décroisa les mains.

— Je suis retournée voir un psy
c'est peut-être pour ça.
— T'y allais déjà avant ?

— Oui.
— Qu'est-ce que tu avais ?
— J'étais stressée.

Swann sourit.

Maman aussi.

Lac IV

Le lendemain
on étendit les corps
sur les berges du lac.

Un trait de lumière brûlant
descendait de l'interstice
des arbres
et percutait la surface de l'eau.

— Vadim ?
— Oui ?
— Je me demandais juste…
Timothée voulait pas
qu'on reste avec lui
aujourd'hui ?

Il se releva légèrement
ne répondit pas.

— Vadim ?

Il se tourna vers elle
l'embrassa
elle regarda le baiser
entendit les cognements
de sa langue
s'écarta.

— Qu'est-ce qu'il y a ?
— Rien…
— Si
il y a quelque chose…
— Je voulais t'en parler tout à l'heure…

— Vous allez partir, c'est ça ?
— On a appris la nouvelle ce matin…
— Quelle nouvelle ?
— Maman va être prise en charge.

Elle chercha quoi lui répondre.

— Ça va aller, dit-il.

Elle hocha la tête.

Fin du lac IV

Ils se rhabillèrent
rassemblèrent crème solaire
gourdes
et paquets de gâteaux.

— Vous partez quand ? fit-elle.
— Après-demain matin.

Ils replièrent les serviettes
le coton blanc
cachait les visages.

Œillets et miroir

Maman avait acheté
un bouquet d'œillets très rouges
qu'on disposa dans un vase
sur le buffet de l'entrée.

Ce soir-là
elle passa cinq fois
dans l'entrée
juste pour regarder
la splendeur
des pétales bien en chair.

Pendant ce temps
Swann faisait couler
l'eau de la douche.

Elle glissa un doigt
l'eau était encore froide.

Elle attendit.
En face d'elle

sur le miroir longiligne
s'étalait son squelette.

Film noir

Après dîner
on frappa à la porte
de la chambre de Swann.

— Maman ?

Une haute silhouette entra.

— Papa ?
— On va regarder un film noir
des années soixante-dix
avec maman.
Elle demande si ça t'intéresse.

Swann ne répondit pas.

— C'est un Polanski, dit papa.
— J'ai envie de rester tranquille...
— Ok.

Papa se dirigea
vers la porte
s'arrêta sur le seuil.

Swann était roulée en boule
sous ses draps.

— Ça va pas ? fit papa.
— Si ça va…
— Tu veux que j'appelle maman ?
— Non c'est bon…

Il ouvrit la porte
il se retourna vers elle.

— Il va partir c'est ça ?

Elle ne répondit pas.

Il fit un petit bruit sec
avec ses lèvres.

— C'est chiant.

Lac V

Le lendemain
ils retournèrent au lac.

Il lui parla des gens de sa promo
de ses profs ceux qu'il aimait bien
ceux qu'il espérait
ne pas retrouver cette année.

Il s'arrêta d'un coup
à la recherche du regard de Swann.

— Swann ?

Elle ne l'écoutait pas.

Ils trempèrent leurs jambes
frissonnèrent
et s'assirent sur le bord.

Elle comptait
les galets de lumière
qui ricochaient
à la surface.

Il se tourna vers elle.

— Tu sais
tu pourras venir
pendant les vacances
à Paris...

Elle haussa les épaules.

Il lui prit la main.

— On ira se balader en ville la nuit...
Je t'emmènerai au théâtre
on dormira dans mon tout petit lit
très mal tout serrés.

Nos cadavres d'étoiles

Plusieurs bagages étaient déjà entassés
dans l'entrée.

Éléonore déambulait dans le salon
parfois prise
d'une quinte de toux.

☆

Swann tournait en rond
dans la chambre
vérifiait sous le lit
sous les placards.

— C'est bon
je crois que t'as rien oublié…
T'as vérifié la salle de bains ?
— Tu viens d'y aller.
— Oui c'est vrai…
Et t'as pensé à prendre tes tongs ?
Je me demande si je les ai pas vues
dans le couloir…
— Elles sont dans le sac
avec les autres chaussures
dans l'entrée.
— Ok.
— Tu viens t'asseoir ?
— On a fini là c'est bon ?
— Oui c'est bon
et puis de toute façon t'inquiète

t'as pas besoin de vérifier pour moi.

Elle s'assit
sur le lit.

— Qu'est-ce que tu veux faire ? demanda-t-il.
— Je sais pas.
— Y a quelque chose qui te ferait plaisir ?
— Je sais pas.

Il y eut un silence.

Elle se tourna vers lui.

— Tu me montres tes photos ?

Il hocha la tête.

L'album traînait
encore sur le bureau.

Il le lui tendit.

Elle s'assit en tailleur sur le lit
emmitouflée
dans une couche de poussière
flottante.

Il resta derrière elle
elle sentait ses boucles
chatouiller son cou.

Elle ouvrit l'album.

Ses doigts soulevèrent les pages
ses pouces caressaient leurs coins
et
sur son visage sec
elle surprit ses lèvres
à sourire
au détour
d'un village
d'un ciel
d'une poudrée de vers
qui fanaient
et fleurissaient
à la page suivante
les silhouettes de très jeunes gens
qui s'allongeaient
sur le village aux joues très rouges
tout amoureux
et parfois
le village très rouge
devenait bleu
bleu
comme le lac
l'eau de la baignoire
et les carrelages de la douche
bleu
comme la mélancolie
les baisers
– et elle retrouva un peu d'elle
collée dans le bleu.

Ses doigts emportaient
les pages.
Les dernières étaient
toutes blanches.

La très longue nuit d'un très long été

Il faisait très chaud
dans l'interstice
de leurs corps nus.

— Je voudrais que la vie,
ce soit juste un été très long, dit-elle.
— Ou juste une très longue nuit.
— La très longue nuit
d'un très long été.
— Avec un désir qui grimperait
sur nos chevilles
comme une mauvaise herbe.
— On ferait l'amour dans un lac
comme sur un lit.
— Tu sais que tes délires aquatiques
sont étranges ?

Ils rirent.

— Vadim ?
— Oui ?
— Il faut qu'on profite de cette nuit.
On dort pas hein ?

— D'accord.
— Même si on est très fatigués ?
— D'accord.

Les ongles

Ils parlèrent encore
les paupières tombaient
un peu.

Vers trois heures
elle murmura son nom
il ne répondit pas.

Il s'était endormi.

Elle se tourna sur le côté droit
et puis
sur le côté gauche
et puis
sur le ventre.

Elle toucha l'ongle
de l'index de sa main droite
il était long
il dépassait presque de son doigt.

Elle inspira.

C'était pareil pour le pouce
de sa main gauche.

Elle se leva.

Dans la salle de bains
elle chercha un coupe-ongles
se coupa d'abord l'ongle du pouce
puis celui de l'index
du majeur
de l'annulaire
et enfin
de l'auriculaire.

Tout ce qui dépassait de la peau.

Une fois
deux fois
trois fois.

Jusqu'à ce qu'il n'y ait plus rien.

Elle rinça ses doigts ensanglantés
avec de l'eau froide.

Ensuite
elle s'assit sur le carrelage
et resta là.

Larme morte

Elle retourna dans le lit
vers quatre heures.

À quatre heures et demie
l'alarme du téléphone retentit.

Vadim ne bougeait pas.

Elle le secoua doucement
c'était déjà l'heure.

☆

Ils se rendirent
à la salle de bains
se déshabillèrent
l'un et l'autre
il faisait froid
dans la salle de bains
leurs jambes nues
étaient criblées de chair de poule
et ils se caressèrent
du bout des doigts
la main se levait
et retombait
sur le carrelage bleu.

Il regarda celles
de Swann.

— Qu'est-ce qu'il s'est passé ?
— Rien.
— À un moment
je me suis réveillé
et t'étais plus là.
— J'étais à la salle de bains.
— Et tu t'arrachais les ongles ?
— Je me les coupais.

Il ne répondit pas.

Il savonna
les épaules
les seins
le ventre de Swann.

Ses mains étaient chaudes.

Le dos de Swann s'affaissa.

Il vit qu'elle pleurait.

☆

Il pleurait.

Draps bleus

Du départ
elle ne se rappela que
le matin froid

les fougères serpents
l'odeur de blé trop mûr.

Silence sur la pelouse
et un baiser comme une vague
qui roule

et repart.

Glaise
David Almond

Le Jeu de la mort
David Almond

Le Cracheur de feu
David Almond

Imprégnation
David Almond

Douze heures avant
Gabriella Ambrosio

Feuille de verre
Kebir M. Ammi

Interface
M. T. Anderson

Becket ou l'Honneur de Dieu
Jean Anouilh

L'Alouette
Jean Anouilh

Thomas More ou l'Homme libre
Jean Anouilh

La Fille du monstre
Florence Aubry

Golden Valley
Gaël Aymon

Ne fais pas de bruit
Kate Banks

Amis de cœur
Kate Banks

Le Muet du roi Salomon
Pierre-Marie Beaude

La Maison des lointains
Pierre-Marie Beaude

Leïla, les jours
Pierre-Marie Beaude

Quand on est mort, c'est pour toute la vie
Azouz Begag

Garçon ou fille
Terence Blacker

Zappe tes parents
Terence Blacker

Fil de fer, la vie
Jean-Noël Blanc

Tête de moi
Jean-Noël Blanc

La Couleur de la rage
Jean-Noël Blanc

Chante, Luna
Paule du Bouchet

68 année zéro
Paule du Bouchet

À la vie, à la mort
Paule du Bouchet

Scripto

Mon amie, Sophie Scholl
Paule du Bouchet

Je vous écrirai
Paule du Bouchet

Pâquerette
Gaston Boyer

La Théorie de l'iceberg
Gaston Boyer

24 filles en 7 jours
Alex Bradley

Scarlett Epstein rate sa vie
Anna Breslaw

Spirit Lake
Sylvie Brien

L'Algérie ou la Mort des autres
Virginie Buisson

Junk
Melvin Burgess

Lady
Melvin Burgess

Le Visage de Sara
Melvin Burgess

Kill All Enemies
Melvin Burgess

La Dose
Melvin Burgess

Le Rêve de Sam
Florence Cadier

Les Gitans partent toujours de nuit
Daniella Carmi

Qu'est-ce qu'on fout ici
Shaïne Cassim

River
Claire Castillon

Les Longueurs
Claire Castillon

Les Rêves rouges
Jean-François Chabas

L'Arbre et le Fruit
Jean-François Chabas

Mauvaise graine
Orianne Charpentier

Rage
Orianne Charpentier

Après la vague
Orianne Charpentier

La Vie au bout des doigts
Orianne Charpentier

Confessions d'une catastrophe ambulante
Emma Chastain

Lettre à mon ravisseur
Lucy Christopher

Attraction mortelle
Lucy Christopher

Scripto

Max
Sarah Cohen-Scali

Bonnes vacances
Collectif

La Première Fois
Collectif

De l'eau de-ci de-là
Collectif

Va y avoir du sport!
Collectif

Le jour où j'ai osé
Collectif

La Mémoire trouée
Élisabeth Combres

Souviens-toi
Élisabeth Combres

Sans prévenir
Matthew Crow

Coup de chance et autres nouvelles
Roald Dahl

Ce voyage
Philippe Delerm

Le Printemps des oiseaux rares
Dominique Demers

Au nom de Chris
Claudine Desmarteau

inconnu
Berlie Doherty

La Parole de Fergus
Siobhan Dowd

Sans un cri
Siobhan Dowd

Où vas-tu, Sunshine?
Siobhan Dowd

French ski
Tom Ellen, Lucy Ivison

Dis-moi qu'il y a un ouragan
Fabrice Émont

On ne meurt pas, on est tué
Patrice Favaro

Que cent fleurs s'épanouissent
Jicai Feng

Le Feu de Shiva
Suzanne Fisher Staples

Afghanes
Suzanne Fisher Staples

La Fille de Shabanu
Suzanne Fisher Staples

Ce que tu m'as dit de dire
Marcello Fois

Jours de collège
Bernard Friot

Voyage à trois
Deborah Gambetta

Où est passée Lola Frizmuth?
Aurélie Gerlach

scripto

Qui veut la peau de Lola Frizmuth ?
Aurélie Gerlach

La Légende de Lee-Roy Gordon
Aurélie Gerlach

Qui es-tu, Alaska ?
John Green

La Face cachée de Margo
John Green

Will et Will
John Green et David Levithan

It
Catherine Grive

Ce que toujours veut dire
Lexa Hillyer

L'été où je suis né
Florence Hinckel

Incantation
Alice Hoffman

La Prédiction
Alice Hoffman

Boulevard du Fleuve
Yves Hughes

Polar Bear
Yves Hughes

Septembre en mire
Yves Hughes

Vieilles neiges
Yves Hughes

Mamie mémoire
Hervé Jaouen

Une fille à la mer
Maureen Johnson

Suite Scarlett
Maureen Johnson

Au secours, Scarlett !
Maureen Johnson

La Bête
Ally Kennen

Déchaîné
Ally Kennen

Tout pour se déplaire
Jen Klein

Haïti, soleil noir
Nick Lake

Les Valises
Sève Laurent-Fajal

La Fille sous cellophane
Marie Leymarie

Dans tes bras
David Levithan

Des pas dans la neige
Erik L'Homme

15 ans, welcome to England !
Sue Limb

15 ans, charmante mais cinglée
Sue Limb

16 ans ou presque, torture absolue
Sue Limb

16 ans, S.O.S. chocolat !
Sue Limb

Un papillon dans la peau
Virginie Lou

Run Billie
Claire Loup

Enfer et Flanagan
Andreu Martín
et Jaume Ribera

13 ans, 10 000 roupies
Patricia McCormick

Ne tombe jamais
Patricia McCormick

Sobibór
Jean Molla

Felicidad
Jean Molla

Silhouette
Jean-Claude Mourlevat

Bouche cousue
Marion Muller-Colard

Le ciel est partout
Jandy Nelson

La Vie blues
Han Nollan

Un été algérien
Jean-Paul Nozière

Bye-bye, Betty
Jean-Paul Nozière

Maboul à zéro
Jean-Paul Nozière

Là où dort le chien
Jean-Paul Nozière

Le Ville de Marseille
Jean-Paul Nozière

Mortelle mémoire
Jean-Paul Nozière

Camp Paradis
Jean-Paul Nozière

Zarbie les yeux verts
Joyce Carol Oates

Sexy
Joyce Carol Oates

Les Confidences de Calypso
Romance royale - 1
Trahison royale - 2
Duel princier - 3
Mariage princier - 4
Tyne O'Connell

Trois Filles en colère
Isabelle Pandazopoulos

scripto

Double Faute
Isabelle Pandazopoulos

On s'est juste embrassés
Isabelle Pandazopoulos

La Décision
Isabelle Pandazopoulos

Demandez-leur la lune
Isabelle Pandazopoulos

L'Honneur de Zakarya
Isabelle Pandazopoulos

Là-bas
Leonardo Patrignani

Sur les trois heures après dîner
Michel Quint

Arthur, l'autre légende
Philip Reeve

Mon nez, mon chat, l'amour et... moi
Le Journal intime de Georgia Nicolson - 1
Louise Rennison

Le bonheur est au bout de l'élastique
Le Journal intime de Georgia Nicolson - 2
Louise Rennison

Entre mes nunga-nungas mon cœur balance
Le Journal intime de Georgia Nicolson - 3
Louise Rennison

À plus, Choupi-Trognon
Le Journal intime de Georgia Nicolson - 4
Louise Rennison

Syndrome allumage taille cosmos
Le Journal intime de Georgia Nicolson - 5
Louise Rennison

Escale au Pays-du-Nougat-en-Folie
Le Journal intime de Georgia Nicolson - 6
Louise Rennison

Retour à la case égouttoir de l'amour
Le Journal intime de Georgia Nicolson - 7
Louise Rennison

Un gus vaut mieux que deux tu l'auras
Le Journal intime de Georgia Nicolson - 8
Louise Rennison

Le coup passa si près que le félidé fit un écart
Le Journal intime de Georgia Nicolson - 9
Louise Rennison

Bouquet final en forme d'hilaritude
Le Journal intime de Georgia Nicolson - 10
Louise Rennison

Je serai vivante
Nastasia Rugani

Je m'appelle Marie
Jacques Saglier

Je reviens
Marie Saint-Dizier

Chanson pour Éloïse
Leigh Sauerwein

Fans de la vie impossible
Kate Scelsa

Ce qu'ils n'ont pas pu nous prendre
Ruta Sepetys

Big Easy
Ruta Sepetys

Le Sel de nos larmes
Ruta Sepetys

Guadalquivir
Stéphane Servant

Miette-de-Lune
Nicky Singer

Rock Addict
C. J. Skuse

Mauvais plans
C. J. Skuse

Poussière rouge
Gillian Slovo

Sans abri
Robert Swindells

Le Gang des Vieux Schnocks
Florence Thinard

La Vie en rouge
Anne Thiollier

Les Révoltés d'Athènes
Mathilde Tournier

Le Maître de la Grèce
Mathilde Tournier

Championnes
Mathilde Tournier

Rendez-vous en septembre
Anne Vantal

Cool de chez cool
Ned Vizzini

La Guerre des rêves
Catherine Webb

L'enfant qui savait tuer
Matt Whyman

Porte-poisse
Margaret Wild

Avez-vous vu Zachary Beaver?
Kimberly Willis Holt

Kiss
Jacqueline Wilson

Toute la beauté du monde n'a pas disparu
Danielle Younge-Ullman

Mise en page : Françoise Pham

Loi n° 49-956 du 16 juillet 1949
sur les publications destinées à la jeunesse
ISBN : 978-2-07-517843-3
N° d'édition : 548766
Dépôt légal : août 2023

Imprimé en Italie par Grafica Veneta